◇ 千本櫻文庫 ◇

黑佛

BLACK
BUDDHA

〔日〕殊能将之 著

邢利颉 译

台海出版社

文库，原本是指收纳书物的仓库和书库，也指收纳书与记事簿，以及不常用物品的小箱子。以前者为例，京滨急行线的"金泽文库站"就是以前镰仓时代北条氏用来收藏汉书用的，"金泽文库"名字的由来便是如此。东京都的世田谷区也存在着收集着珍贵汉书的"静嘉堂文库"。后者则更多地被称为"手文库"。

江户时代以来，可以放入袖袂的小开本书籍逐渐流行起来，被称为"袖珍本"。明治三十六年（1903年），富山房发行了小开本的丛书，起名"袖珍名著文库"。随后，明治四十四年（1911年），讲述战国时代的猿飞佐助和雾隐才藏系列故事的讲谈社"立川文库"发行出版。讲谈是日本民间艺术，以口语化的方式讲述历史故事的形式。而"立川文库"则是将讲谈收录成册集中出版的丛书，据统计，当时刊行量为200册左右。从那时起，文库就脱离了原本的释意，逐渐演变成了现在的类书集丛。

文库的说法借鉴了日本出版业界的传统说法。而千本樱源自日本奈良县吉野山樱花盛开的奇景，世人皆称"一目千本樱"来形容樱花美景。千本樱文库的纳入作品皆为日系作品，题材包括推理、悬疑、幻想、青春、文化等类型，正如千本樱满山盛开的绝景。

现代日本，以"文库"命名刊行的丛书系列有200种以上，所谓"文库本"只不过是统称而已。日本传统的"文库本"，常用的是A6尺寸的148mm×105mm，也叫"A6判"。千本樱文库的所有书籍将在"文库本"的基础上提升，达到148mm×210mm的开本标准。追求还原的前提下，力图带给读者更清晰的阅读体验。

1999年，殊能将之凭借《剪刀男》斩获"第十三届梅菲斯特大奖"，并以"蒙面作家"身份出道。隔年发布了第二部小说《美浓牛》，成为"石动戏作系列"的第一部作品。作为该系列第二部作品的《黑佛》与前作风格大不相同，融入了天马行空的神秘学及科幻要素，让原本司空见惯的悬疑推理故事变得与众不同。正因如此，这部作品在日本被评为前所未闻、笔法超绝的佳作。

公元9世纪，一名遣唐僧在乘船返回日本的途中不幸遭遇风暴而遇难，据说其携带的秘宝也不知所踪。时间来到现代，一件离奇的密室杀人案竟与这份失踪的秘宝有着千丝万缕的联系。各位读者们，不妨再次追随侦探石动戏作的脚步，与他一同体验一场不可思议的解谜之旅。

千本樱文库编辑部

MULTI-NEW ROUTES OF MYSTERIES

推理的多元新航路

如今，推理已经成为全世界都非常热衷的娱乐元素，冠以推理概念的动漫作品、影视作品、游戏作品更是层出不穷。

随着这些娱乐形式深入到生活的方方面面，作为原生土壤的推理小说却日益被边缘化。为了适应不同时代读者的需求，推理小说也会进行相应调整，因此，世界各国的推理小说都在探索新的内容与形式。

不同的时代会涌现不同风格的文学作品，推理小说也无法脱离时代背景。在经济全球化愈演愈烈的现在，推理也在多元化的大航海中不断开辟着新的航路。所以，我们不仅要挖掘深埋于历史中的名作，也要竭力推广优秀的新作品。

从某种程度来说，奖项和销量是衡量一部作品的重要指标，获奖作品与畅销作品代表着所处时代的文化趋势。但是，任何时代都有很多充满创作热情的作者，他们的作品或许没能满足当时市场的需求，却同样富有个性与魅力。

"推理的多元新航路"旨在敢为人先，在发现、传播新人佳作，为推理文化注入活力的同时，我们也想将埋藏于历史的杰出作品，传递给热爱推理文化的读者，宛如大航海时代一样，联结古今文化，共享推理盛宴。

千本樱

千本樱文库

目录

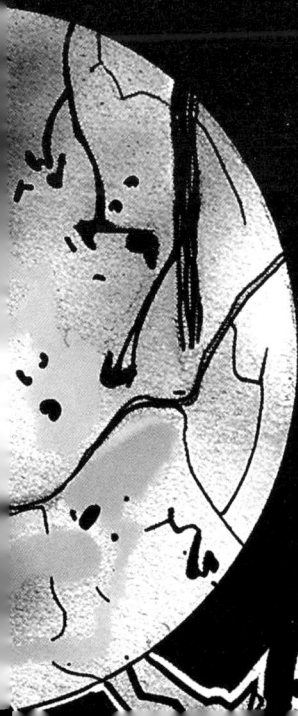

献给詹姆斯·布利什①

---

① 詹姆斯·布利什（James Blish），生于1921年3月23日，逝于1975年7月30日，美国科幻作家，代表作有《事关良心》（*A Case of Conscience*）、"飞城"系列等，也曾将《星际迷航》（*Star Trek*）的部分集数改编成小说出版，即该系列的第一部小说。——译者注

黑佛

欲将寒椿献黑佛　子规①

① 子规指正冈子规（Masaoka Shiki），生于1867年10月14日，逝于1902年
9月19日，本名常规，别号獭祭书屋主人、竹之乡下人，日本明治时代著名
俳句家、和歌家、诗人、散文家、评论家，代表作品有《月亮的都城》《花
枕》《曼珠沙华》等。——译者注

序 章

黑佛

眼前是一片苍茫的铅灰色光景。

灰色的云层密布在空中，把苍穹遮挡得严严实实；浓黑色的卷云呈旋涡状，分布其间。空气中夹带着雨水的气息，一场大雨似乎即将来袭。

天幕下的大海一片浑浊，显得十分阴郁，就连被风掀起的浪涛都是灰暗的。

西风大作，呼呼地灌入耳中，又将四角形的风帆吹得鼓起。

吹向僧人圆载的是来自故乡的风。

——故乡……

圆载站在木船的船头，凝视着海面，露出了一丝嘲讽的笑容，像是觉得自己的想法很奇怪。

他的故乡——日本就在大海的彼端，可那到底还称得上是"故乡"吗？

他离开日本四十年了，在大唐生活的年岁已经超过了在故乡的日子，他的唐话甚至比母语更为熟练、流利。

经历了漫漫四十载，他从一个满怀希望与野心的留学僧人，变得年老衰迈。

他伸手摸向自己的脸颊，用指尖感受着深深的皱纹。

如今七十高龄的他，知道自己的寿命所剩不多。更何况在他当年前往大唐时，遇上过暴风雨，险些死在海上，因此很清楚这趟归程有多么危险。

而这样的一位老僧为何还要冒险渡海呢？

是因为思乡之情吗？

可圆载已不明白自己的故乡究竟在何方，是日本，还是大唐？

即使他能够平安无事地回到日本，他的亲人们应该都不在人世了，不知还有没有人认识他。前来迎接的会是阔别多年的圆仁吗？又或者是曾在天台山见过面的圆珍？他的朋友们反而都在异国大唐……

圆载的脸上又浮现出讽刺的笑容。他回想起圆珍那熊熊燃烧的野心以及野心背后的不安之情，简直像极了昔日的自己。

若将在天台山上学到的东西囫囵吞下、盲目推崇是一种愚昧的行为，那么，认定只有自身领悟到了独一无二的真理便同样愚蠢。

圆载曾听国清寺①的广修座主讲解过佛法，圆珍却对座主的解答

---

① 国清寺位于浙江省台州市天台县城关镇，始建于隋开皇十八年（598年），初名天台寺，后改名为国清寺。隋代高僧智越在国清寺创立天台宗，为中国佛教宗派天台宗的发源地。日本留学僧最澄至天台山取经，从道邃学法，回国后在日本比叡山兴建延历寺，创立日本天台宗，后尊浙江天台山国清寺为祖庭。——译者注

不满，坚信自己才是最了解佛法的人。虽说圆载也不认为广修①座主的说法是完美的，但亦不赞同圆珍的做法。

毕竟圆珍身处狭小的岛国，眼界和实践机会都有限，只会空谈理论。饶是如此，还一味坚持自己的正确性，无疑十分愚昧。

圆载在天台山学到的最重要的一点，即是"佛法无边"。当他看到天台山的藏品——十几万册经典与论疏本时，只感到一阵头晕目眩。要遍览它们、读透它们，从而接近真理，只怕得花上几百年。佛法是这般深奥，即便他整整四十年都勤学不辍，结果也只是有了些粗浅的领悟罢了。

与无穷的求知欲相比，人生实在太过短暂，连自己想知道的事物都来不及学完。

——这或许就是人类最大的烦恼吧。

圆载苦笑着想道。

他的脑海中忽然浮现了一册经典中的片段（这册经典此刻正在他的船舱内）：

"其智慧门，难解难入，一切声闻、辟支佛所不能知②。"

---

① 广修是五代十国高僧，生卒于9世纪，号称天台宗十一祖，也是道邃大师的高徒，研精教观而心至行。——译者注

② 出自《妙法莲华经》，意为佛的权智难解难入，是声闻和辟支佛所不能够揣测的，唯独佛可达到那样的境界。因为佛教对当下宇宙不同境界的生命有划分，境界从高到低为佛、菩萨、辟支佛（即缘觉或独觉）、声闻（即罗汉或佛法弟子）。《妙法莲华经》为佛教经典，简称《妙法华经》《法华经》等，可谓集大乘思想之大成，是天台宗依据的主要经典。——译者注

——经典……

没错，圆载之所以决定回国，并非出于思乡之情，而是因为想把这部经典运回去。整座比睿山①都没有僧人知道它，圆载本人也认为它满是奥秘，值得让更多的人学习与研究。此外，他还带着一尊异形佛像……

"上人……"

有人从背后小声叫他。

他回头看去，只见伴僧智聪正站在那里，一脸若有所思的样子建议道：

"暴风雨好像要来了，这里很危险，请您赶紧回船舱吧。"

"是吗？好。"

说完，他便和智聪一起回到了甲板上。来自新罗国②的船夫们正望向暗沉沉的天空，眼神严峻，手里也一刻不停地忙着调整风帆，看来确实有一场狂风大雨即将来袭。

他们从船夫们身边经过时，一位满脸通红的船夫一口气吐出了心中的怨言：

"就是因为带着那怪东西上船，才会碰上这种鬼天气的！"

---

① 比睿山位于日本滋贺县，为日本七高山之一，自传法大师最澄由大唐回国后，就一直是日本天台宗山门派大本营，山上建有延历寺。——译者注
② 新罗国位于现在的朝鲜半岛，在唐代，不少新罗国人入住并落户大唐。——译者注

但圆载毫不介意，头也不回，径直走进了船舱内。

彼时乃元庆元年，即公元八七七年。

第一章　苍月

黑佛

三千大千世界非在唯六趣四生众生过去有佛现在有佛未来有佛佛
处无量无边不可思议阿迦尼吒天心得自在入三昧我等不能瞻仰

三千大千世界，不仅有世间众生，还有佛在。过去有佛，现在有
佛，未来亦有佛。佛居于无量无边、不可思议的阿迦尼吒天，心得自
在，入三昧境界，是我等所不能瞻仰[①]。

1

君枝从自宅穿过一扇铝合金门，来到公寓一楼那略显昏暗的换
鞋处。

天花板上并排装着四根荧光灯管，其中一根完全不亮，剩下三根
的照明功能也已岌岌可危，灯光忽明忽暗的，节奏跟打嗝差不多。灯

---

① 三千大千世界是佛教的宇宙观，即大千世界，因为三个千连乘，所以
叫三千大千世界；"六趣"即六道，指地狱道、饿鬼道、畜生道、天道、人
道、修罗道，"四生"指胎生、卵生、湿生、化生，六趣四生众生即世间众
生万物；阿迦尼吒天是色界的最高一层天，即有形世界的最高处；心得自在
即内心不受外界影响；三昧是佛教用语，即三摩地，为佛教重要修行方法，
入三昧境界即止息杂念，心神平静，专注一境。——译者注

管两端都有黑色的沉积物，似乎已经开始霉变。房东有义务迅速换掉它们。

然而，这位房东（也就是君枝）眼下可没这份闲心。她认为义务与权利是辩证统一的，要是租客们也能够好好履行义务，房东才可以考虑让他们享受相应的权利。

另一方面，也多亏了灯光不够亮，换鞋处和混凝土墙上的污渍、裂痕都仿佛消失了。而君枝只会每个月挑一天晚上来到这里，因此更是从一开始就当它们不存在。

她先去找了住在一号房的老人。

透过毛玻璃的小窗，可以看到房内亮着灯，老人想必在家。而且她还听见了指甲刮挠玻璃似的噪声，绝对没错！

她有些粗暴地敲着薄木板制作的房门，可要把耳背的老人叫出来，多少得费点工夫。

"来了。"

一位有些驼背的老人从半开的门缝里探出头来。他穿着茶色的上衣和灯芯绒的裤子，左手拿着一把小提琴，头发已经全掉光了，面庞消瘦，一脸穷酸相。

君枝单刀直入地表明了来意：

"你好，我是来收房租的。"

闻言，老人那张满是皱纹的脸卑微地扭曲了起来，答道：

"哦，原来已经到了交租的日子嘞……抱歉，能请您再宽限一会子不？"

"一会、再一会，你都欠了三个月的房租了！"

"真对不住。但生意不好做，我也莫得办法啊。您看，现在不景气，客人都不肯花钱呢……"

老人自称是街头艺人，在路边拉小提琴，靠行人给的赏钱维持生计。

他操着一口博多方言，如今即使在福冈市内也很少听到这种口音了，不过游客们大概很喜欢"地方特色"，所以他也就说惯了。

君枝则认为，他缺钱的真正理由是没有音乐才能，而不怪整个社会在泡沫经济崩塌之后停滞不前。毕竟他每晚都看着那些破破烂烂的乐谱，号称是在练琴，结果拉出来的音色比刚开始学琴的三岁小儿还难听。假如她是客人，别说给钱了，甚至想反过来问他索要精神损失费。

尽管她加重了语气，说着不好听的话，老人却一味低头道歉，看样子她再说什么都是白费口舌。

"下个月请务必付房租。"

她坚持不下去了，只得退让。老人松了一口气，关上了门。

接下来，君枝去了二号房。租客说自己是一名画家，不过他既不为杂志提供插画，又不在街上为路人画肖像，只是窝在家里对着画布作画，还说他这是在"搞艺术"。

君枝不懂艺术，对方也从未对她展示过画作，可她已经切身体会到，有个"艺术家"房客是多么辛苦了。

今晚，"画家"也依然若无其事地说"没钱"，见她快要情绪失控了，又颇为不敬地继续道：

"房东女士啊，您得把眼光放得长远些。每个艺术家年轻时都是穷光蛋，等回首过去，就能感悟到这样的青春岁月多么令人怀念。您知道吗？毕加索年轻的时候穷得只有一件上衣！"

这番话说得就像是笃信自己能比毕加索有名三倍一样，因为他有三件从旧衣店买来的上衣，而毕加索只有一件。

君枝叹了一口气，跟他约好十年后要付五千万日元，这才强压住了怒火。当然，兑现的前提是他下个月不要饿死或者连夜逃跑。

三号房无人租住，暂时空着，四号房的租客一直要出去上夜班，并不在家，于是君枝离开了公寓，沿着外墙楼梯走到了二楼。

几片薄云分散在夜空中，一轮圆月当头高挂，散发出略带青白色的光辉，透过云层照射下来，朦胧地映在柏油小道上。

她站在生锈的楼梯台阶上，突然觉得远处的一根电线杆附近有什么东西在动。

她凝神看了过去，发现电线杆后似乎躲着一个人。

但即使她目不转睛地盯着，那个"人影"也不再有动静。她心想可能是自己看错了，便继续投身于艰难的收租工作。

二楼只有两名租客，其中一名像是东南亚人或中东人，来日本打工挣钱，今晚正好不在家。奇怪的是，那人平时明明日语流利，但每次一提到房租，说话就不利索了。

最后，还剩八号房的租客——榊原先生。君枝直到这时才安下心来。这栋公寓里的租客各有各的毛病，唯独榊原表现良好，令人满意。

她敲了敲门，榊原默默地打开房门。

"你好，我是来收房租的。"

她挂上了一个亲切的笑容，榊原没有作答，接着便返回了里屋。

——真是个怪人。

君枝心想道。

这也难怪。榊原总戴着墨镜，下巴尖窄，薄唇抿得紧紧的，基本上不开口说话，君枝从没见过他的笑容，感觉他八成是不喜欢交际。

片刻过后，榊原又回到了玄关，向君枝递出一枚信封。

她接过信封，打开一看，里面装着六张崭新的一万日元纸币。

"我带的钱不够给你找零……"

她数了数钱包里的零钱，果然带得不够，不禁有些为难。

"之后再给我就行。"

榊原总算开了口，说完，就关上了门。

——他也太冷淡了！

被人当着面关门，君枝有点不愉快。但人无完人，冷淡总比没钱好。她很庆幸自己还有这么一位租客。

她把信封塞进钱包，回到二楼的走廊上。在走到楼梯口时，她再次瞥向了远处的那根电线杆。

"人影"依然站在那里。从轮廓上看，对方似乎缩着身子，估计是为了完全躲到电线杆后面。

不知为何，君枝心头掠过一阵不安，整个人都轻轻颤抖了起来，赶紧拉紧了开衫的前襟，快步下楼而去。

2

石动戏作坐在驾驶席上，满脸写着无聊，说道：

"我们来做游戏吧，列举一些听起来没什么区别的曲子。我先开始，《月光小夜曲》和《微笑》。"

"《献给你的歌》和《你的歌》。"

安东尼双手交叉枕在脑后，悠悠闲闲地蜷坐在后座上回话道。

"你说的两首确实都是钢琴曲，可只有曲名相似！"

"曲调也很像欸，我都分不清哪首是哪首呢。"

"你的耳朵是怎么回事？算了，我们继续，《星尘》和《迷雾》。"

"《整日整夜》和《你好，我爱你》，嘿嘿。"

安东尼说着说着，居然自顾自地笑了起来。

石动满脸不解，只得坦白：

"我不知道这两首歌。"

"不知道也正常。其实后者剽窃了前者，至少在英国就是这么认定的，因为雷·戴维斯胜诉了。"

"雷·戴维斯又是谁？"

石动有些气呼呼的，安东尼则故作高深地回答说：

"是世界上年纪最大的不良少年，也是'奇想乐队'的队长。这支乐队可厉害了，现在还能在演唱会上现场演奏《你真的得到了我》哦！打个比方，就相当于'老虎乐队'①至今没有退休，跑到舞台上表演《只爱你》。"

"这……'朱利'②也许还乐意这么做，但岸部一德③肯定不答应，会叫'朱利'行行好，放过他……话说回来，到底要堵到什么时候啊？"

石动一边嘀咕，一边把下巴搁在方向盘上，皱着眉头，透过挡风玻璃看向前方。

眼前的六本木④大道上塞满了机动车，云层遮蔽了夜空，连一颗

① 老虎乐队是日本最著名的乐队之一，对日本乐队文化及偶像文化有极大的影响，1966年11月15日出道，《只爱你》为他们的代表曲目之一。——译者注

② 朱利（Julie）是主唱泽田研二的昵称。——译者注

③ 岸部一德是队长兼贝斯手。——译者注

④ 六本木是日本东京港区的一个街区，这里聚集了很多外国人并以夜生活而闻名。——译者注

星星都看不见，不过地面上有无数红色的车尾灯在闪耀。

　　车辆排成的"长龙"偶尔也会前进一下，仿佛让司机们想起了自己还需前往目的地，只不过移动的频率实在太低，石动很久之前就被堵在原地，动弹不得。

　　不同于福冈，东京的上空看不见满月，只能从轻型车的车载音响中听到梅尔·托尔梅的《蓝月》。

　　——"苍蓝色的月亮，正注视着孤身站立的我……"

　　"我都说了坐地铁。星期五的晚上，绝对不该在六本木大道上开车。就算WAVE唱片店①没了，可又新建了弹珠机店②，所以这里依然是全国闻名的六本木。"

　　安东尼深深地打了一个呵欠，补上了一句：

　　"更何况，今天还是十三号星期五③。"

　　"没想到你这么迷信。"

　　石动嘲笑了他一句，接着问他几点了。

---

① WAVE唱片店是六本木地区的一家传奇唱片店，于1983年到1999年间营业，整栋建筑汇集了来自全球的音乐唱片、视频影像、艺术作品。——译者注
② 弹珠机店是一种带有赌博色彩的游戏厅，店内的弹珠游戏机名为"柏青哥（pachinko）"，玩法是把小钢珠弹射到盘面里，钢珠在落下过程中会不断碰撞盘面里的机关，从而改变轨迹。最后若是能落入指定的位置，就能获得奖励。——译者注
③ 在西方文化中，13号和周五都是不吉利的日子，而一个月里的13号如果碰巧是星期五，则被认为是大凶之日。——译者注

他飞快地瞟了一眼手表，答道：

"过零点了。换言之，现在是十四号星期六，我们已经迟到喽。和委托人初次见面就迟到，你真是个不合格的名侦探。"

"我不知道委托人到底是忙碌的初创企业老板还是什么人，总之这是他的问题，为什么非要挑工作日的半夜把我们叫过去不可。"

就在石动高声表示责任都在对方身上时，车队总算动了起来。

石动驶过车流混杂的六本木大道，来到西麻布①的十字路口，准备拐弯。而此时将近午夜零点三十分。

他们找到一栋五层大厦。它以夜色为背景，伫立在前方，看起来黑黢黢的。石动沿着下坡道把车开入地下停车场，只见一名男子就站在厢式电梯门口。

男子四十来岁年纪，身材高瘦，身穿一件黑色的高领毛衣，下摆束在黑裤子里，脚蹬一双黑皮鞋，似乎等得有些焦躁，正用鞋尖不停地轻踩着混凝土地面，但在看到石动的车子的瞬间，便小跑着迎了上去。

等车停后，他凑近了车窗，消瘦的脸都气歪了，两道锐利的目光直射向石动，语带斥责：

---

① 西麻布也位于东京的港区，属于比较有名的"富人区"，附近有很多国家的大使馆，也有不少高档的住宅区，所以那一带有很多高级的料理店和夜店。——译者注

"你们迟到了三十分钟。"

他想必就是这次的委托人——大生部晓彦。

"抱歉，我们在六本木大道堵车了……麻烦您特地来停车场接我们，真是不好意思。"

石动下了车，向他鞠躬赔礼，礼仪十分周到。安东尼也跟着下来，在石动身旁微微点头致意。

"因为我左等右等，你们都不来，索性直接下来了。"

大生部双手叉腰，好像正在居高临下地打量石动和安东尼，并毫不隐瞒地露出了狐疑的表情。

或许是因为冷空气从大陆来袭，东京的气温骤降了足足十摄氏度。昨天还宛如夏日，完全感觉不到已是十月，可今天就冷得像是入冬在即。

石动赶忙翻出了冬天的衣物穿在身上，上着一件红色的毛衣，整个人都显得有几分臃肿，下穿一条皱巴巴的牛仔裤，还配了一双略脏的运动鞋。

安东尼则穿了V领毛衣，外披一件从美军仓库里出清的卫衣，下半身同样搭配了牛仔裤和运动鞋，不过牛仔裤是紧身款，还仔细地把裤脚折了起来，运动鞋则是阿迪达斯的，着装品位比石动强多了。

总之，从装束上看的话，这两人怎么都不可能是名侦探和助手，只像是大白天在涩谷①街头闲晃的自由职业者。

"也罢。请来我的办公室详谈吧。"

大生部轻轻叹了口气，先行一步，将两人带往电梯。

大生部的办公室在大厦顶层。

他似乎把整层楼面都租下来了，走廊上是一排深绿色的钢制门扉，每扇门上都贴有"HWR科技"的标牌。他的社长办公室就在走廊最深处。

办公室里铺满了长绒地毯，踩上去非常柔软舒适，感觉双脚都快要陷在长长的绒毛里了。沙发、资料架、大尺寸的显示器等家具与摆设本就为黑色，从天花板上投下的灯光又略显昏暗，因此它们的轮廓看起来有些模糊。

办公室靠里侧摆了一张漆黑的大书桌，放眼室内，只有桌面上的玻璃板因为反射灯光而亮闪闪的。书桌后方的墙壁上有着硕大的公司名称以及标识图案。

大生部背对着公司的标识图案，说道：

"很抱歉，这么晚把二位叫出来，但我实在是太忙了，完全

---

① 涩谷是东京23区之一，商业活动兴旺，有众多著名的百货店、时装专卖店、饮食店、咖啡店、游戏设施、风俗设施等，同时也因为年轻人众多，成了面向日本国内外各种流行的发祥地，曾被称为"亚洲的潮流时尚中心"。——译者注

腾不出时间，见谅。我叫大生部晓彦。石动先生，初次见面，请多指教。"

同时，他爽快地伸出了右手，示意与石动握手。

然而，他的手伸向了安东尼。

安东尼忍不住笑喷出来：

"对不起，我不是名侦探石动戏作。这位才是石动老师。"

他开玩笑般地用双手指向身边的石动。

石动露出了极度不快的表情，说道：

"我是石动戏作，他是我的助手安东尼。"

"原来如此。抱歉，因为您负责开车，而这位安东尼先生坐在后座，我就想当然地认为您是助手……"

大生部赶忙解释道。

"他没有驾照。"

石动怅然，而安东尼则笑眯眯地接了话：

"我有哦，只是不能在日本用啦。事实上，我的驾驶技术应该比老大你强多了。"

"您是日本人吗？"

大生部肯定是觉得"安东尼"这个名字很古怪，像个洋名，但这头长发和这张始终带着笑意的面孔，又怎么看都是东亚人。

"不，我是中国人。"

安东尼轻轻耸了耸肩，开始说明：

"我的本名是徐彬，用日语来念的话，发音挺奇怪的，听上去很像'乔彬'，于是老大就叫我'安东尼'了。"

"全名安东尼·卡洛斯·乔彬。您知道安东尼·卡洛斯·乔彬吗？他是波萨诺瓦音乐的巨匠，《寂静之夜》的作曲人！"

石动看向满脸诧异的大生部，大声说道。

"老大，你为什么不说是《伊帕内玛来的姑娘》的作曲人呢？这首曲子知名度更高啊。"

安东尼又一次耸耸肩。

大生部已经不指望听懂他们在说什么了，直接把两人请上了沙发，自己则绕到办公桌后，坐在了黑色皮革制的办公椅上。

石动窝在沙发里，一边抬头看向墙上的公司名称和标识图案，一边问道：

"请问，您的'HWR科技'公司从事哪方面的业务？"

"生物技术方面的。比如说，我们从某种昆虫体内提取出能够活化人体细胞的酶，进行研发，希望将它应用于药品的实际生产。我们的研究所和工厂都在静冈，不过我没法说得更详细了，毕竟涉及一些专利技术。要是您对生物化学感兴趣，我可以大致讲解一下。"

大生部双肘支在桌面上，语气仿佛在教小孩子学知识。

"如果生化知识与您本次的委托有关，那就有劳您了。"

石动天生就长了个"文科脑子"，因此有些迷茫。

"请放心，我的委托单纯是为了满足自己的兴趣，不涉及生化。"

大生部微微停顿一下，探出身子，说道：

"我想请您帮忙寻宝。"

"寻宝？"

"是的，您很擅长吧？我听说，您曾经在岐阜县的山洞里找到了基督教地下墓园……"

"龟恩洞的石头洞窟？原来您是听说了那桩案子，才特意找我的。"

石动明白了，其实大生部看上的并非自己的破案能力，而是破解暗号的技术。可说到底，破解暗号只是为推理"锦上添花"而已。这下，他不禁流露出了些许失落。

然而，一想到寻宝总比调查外遇有趣得多，石动便又打起了精神，问道：

"您要找的是什么宝贝呢？"

"圆载的秘宝！"

大生部两眼放光，看起来跃跃欲试。

"九世纪中叶，僧人圆载带着它们从大唐回到日本，据说现在藏在阿久滨的安兰寺里。可不管我怎么调查，都查不出具体的存放地点。我很期待您能够解开这个秘密。"

他满脸认真，语气热切，和冷淡超脱的外形气质大相径庭。石动没想到他是个如此浪漫之人。或许秘宝、黄金等宝藏的传闻就是能勾起男人的浪漫情怀吧。而且他是初创企业的社长，这个兴趣的确很符合他的身份。

想到这里，石动的脑海中浮现出了某位广告撰稿人[①]的脸。此人曾带队前往赤城山[②]，寻找小栗上野介[③]的黄金，还用上了挖掘机……

"容我打断一下，有几个问题想请教您。"

石动怯怯地截住了大生部的长篇大论，接着便提问道，"您刚才说的'阿久滨'在哪啊？"

"在福冈县糸岛郡的二丈镇。从博多[④]搭乘筑肥线[⑤]的话，一小时左右就能到了。"

"福冈县吗？那就需要在那里住上几天了。"

"住宿费当然由我负责，其他必要的经费也是我来承担。"

---

① 某位广告撰稿人指糸井重里，生于1948年11月10日，日本著名撰稿人、散文家、词曲作者。——译者注

② 日本关东地区北部群马县境内的一座死火山。——译者注

③ 小栗上野介又名小栗忠顺，生于1827年7月16日，日本幕末时期的武士，相传他曾下令将四百万两黄金埋在了赤城山脚下。糸井重里便是现代社会还热衷于挖掘这批黄金的代表人物之一，曾率领队伍去赤城山下探宝，其中包括用挖掘机挖开坚硬的山石。——译者注

④ 博多是日本福冈县福冈市的一个行政区，也是福冈县县政府的所在地。——译者注

⑤ 筑肥线是连接福冈县福冈市西区恁滨站与佐贺县唐津市唐津站的九州旅客铁道铁路干线。——译者注

"安兰寺呢？"

"哦，是阿久滨的一座寺庙，我只要一有时间就会去安兰寺的藏书库里查阅资料，可始终查不出藏匿秘宝的地点。我平时工作又忙，没空投入自己的兴趣中去，所以才向您这位专家求助……"

"您过奖了，我也不知道自己是否算得上专家……总之，我还有一个地方不明白……"

说到这里，石动暂停了一下，见大生部缓缓点头，示意他尽管开口，他这才问了出来：

"圆载是谁？"

闻言，大生部目不转睛地盯着石动，反问道：

"居然连这个都要解释？！我受不了了。"

他一脸绝望地摇了摇头，拿过办公桌上的便条本，撕下一张纸，一边动笔，一边说道：

"也是巧了，安兰寺的住持现在就在东京，详情可以问他。我会提前跟他打招呼的，您明天去和他见一面吧。"

语毕，他把便条纸往桌上一扔。石动的屁股依然黏在沙发上，直接伸长了右手，拿过那张纸，只见上面写着如下文字：

吉尔曼酒店　一一〇二号房　星慧

"这位星慧大师就是安兰寺的住持吗？"

石动问道。

大生部点点头，答道：

"他有事要办，所以上东京来了。虽然不清楚到底是什么事……"

他的表情带着几分困惑，但很快又咧嘴笑了起来，"他知道我在寻宝，平时也经常帮助我，所以应该会跟您细说的。"

说完，他缓缓地靠在了椅背上，双手交握着置于腰前。这是表示谈话已经结束的姿态，接下来只需谈妥酬金即可。

3

北角平尾公寓位于福冈市南区那川的三号街。十月十四日正午过后，有人在其中一间房内发现了一具诡异的男尸，便拨打了报警电话。

那一带是南警署的辖区，刑事犯罪部门的刑警接报后，便协同刑事鉴定人员迅速奔赴现场。经调查，他们确定这是一桩谋杀案，于是又立马联络了福冈县县警署总部的搜查一科。

一科的中村裕次郎警部补①闻讯，带着部下今田迅速赶往了现场。

"不是好不容易才抓到一个拿着霰弹枪的强盗吗，怎么又出命

---

① 警部补是日本警察的职级之一，相当于我国的组长、队长，略低于副科级。——译者注

案了？”

中村坐在警车的后座上，抱着胳膊，一反常态地抱怨了起来。

他是个“小个子”，但身材结实、胡须浓密，而且人如其貌，性格非常认真、耿直，工作时一心只奔着破案而去，从无怨言。毕竟他骨子里就是一条铁铮铮的九州①汉子，再加上从小受着父亲的“斯巴达”式教育，因此特别看不惯那些爱发牢骚的男人，觉得他们“娘娘腔”。

今年六月下旬发生了一桩银行抢劫案，他们不停地辛苦查案，最后总算逮捕了嫌疑人，可还没捞到喘口气的机会，便又要面对命案。即使中村对工作满腔热忱，也难免心生抱怨。

今田留着长发，体型又瘦弱，看起来就不是精力无限的狠将，所以当然抱有同感，于是老老实实地点头附和道：

“都快到日本大赛②了，真不想处理杀人案啊！”

他的语气相当痛切，中村看着他的后脑勺，默不作声。

是的，从十月二十一日起，福冈就将迎来这项职业棒球界的重大赛事，大街小巷都洋溢着活力，印有老鹰吉祥物的旗帜处处飘扬，写着“大荣鹰队纪念大促销”的横幅和竖旗也随处可见。路上大声播放着福冈大荣鹰队的队歌，歌声雄浑有力，高唱着“朝着荣耀，振翅高

---

① 九州是日本第三大岛，位于日本西南端。九州男子素来以热血、刚毅著称。——译者注

② 全称为职业棒球日本锦标系列赛。——译者注

飞吧！"。

去年的这个时候，县内也因为棒球赛而热闹非凡，但今年更是达到了狂热的地步。因为"梦幻的ON对决①"终于成了现实！

中村完全不懂棒球，别说去福冈巨蛋现场观赛了，就连在家一边喝着啤酒一边收看赛事直播都没兴趣，当然也叫不全联赛中十二支球队的名字。说实话，他对棒球漠不关心，根本不理解世人为何会为这种活动而陷入疯狂。

尽管如此，他还是知道福冈大荣鹰队的基地就在福冈市内，且这支队伍于去年和今年都获得了太平洋联盟的冠军。

十月七日的那场比赛奠定了今年的胜局。而那天，大量的年轻人无视了县警们张贴的"危险！切勿跳水！"的警示贴纸，纷纷纵身跃入水深仅一米的那珂川②……

不过，他仍会在电视新闻上留意鹰队的比赛结果，不然在跟别人聊天时就没话题了。

也就是说，鹰队的胜负对他而言就和天气预报差不多。

比如，在与人打招呼时，只要把"今天从一大早开始就是晴天，

---

① ON对决是2000年职业棒球日本锦标系列赛中的著名赛事，指教练王贞治（Oh Sadaharu）带领的福冈大荣鹰队与教练长岛茂雄（Nagashima Shigeo）带领的东京读卖巨人队之间的对决。两人原本都是负有盛名的优秀职棒选手，令比赛备受瞩目，O、N分别取自两人的姓氏读音首字母。——译者注
② 喜欢的球队获胜时，一些日本的棒球迷会跳进河里来庆祝。——译者注

真不错"这句话换成"昨天鹰队赢了呢"，之后便可顺利展开对话。

又比如，要是有人开了话匣子，说出诸如"若田部投得好啊！跟去年相比简直上了一个台阶，已经能完美地补上工藤的空位了，说他是球队的'王牌'都不过分哦"等感言，他就会一头雾水了。这相当于在和别人聊天气时，对方突然提及"移动性高压"等术语，让人不明所以。

——也罢，反正人们本就很难理解他人的兴趣爱好。

中村如此反思着。毕竟当他因"巨无霸"鹤田①之死而落泪时，那些对职业摔角没兴趣的人也只会觉得这场面十分滑稽。

事实上，在他看到电视新闻报道的一瞬间，就震惊得动弹不得。连他的妻子也是第一次看到丈夫落泪，当场愣住了。

那时，他忍不住对她怒吼：

"你没看到他是豁出命和布鲁泽·布罗迪决斗的吗？！"

可妻子当然没看过那场比赛……

今田开着警车，在平尾路上拐弯，驶入了一条狭窄的小路。今天天气晴好，万里无云，小巷子里已经停了好几辆警车，鉴定人员的面包车也在。

---

① "巨无霸"鹤田本名鹤田友美，是日本职业摔角史上最伟大的选手之一，也是首个获得美国 AWA 摔角联盟世界重量级王者荣誉的日本人。——译者注

黑佛

那川三号街位于福冈市的南部，与西铁①大牟田线的平尾站离得很近。

这一带属于住宅区，附近多为独栋房屋和新建的公寓大楼，但眼前这条小巷则像是被时代所淘汰了。一些钢筋水泥结构的小公寓楼沿巷而建，房龄目测已有几十年；偶有几栋独栋建筑，也净是老旧的木质房屋。

北角平尾公寓就夹杂在那些小公寓楼之中，结构与它们相同。

它有上下两层，大门开在水泥墙上，经过玄关便可抵达一楼的出入口。昏暗的走廊从出入口向内延伸，廊壁上是一排木制的房门。内墙脏兮兮的，还到处都是裂痕。一条锈迹斑斑的铁制楼梯贴着外墙，已经有些歪斜了。

一名警员身着制服，站在玄关处。中村和今田慰问了他几句，随后沿着楼梯往二楼走去。每走一步，脚下的台阶都会发出悲鸣声。

八号房是二楼最靠里的房间，报案人正是在八号房内发现了那具诡异的男尸。警方已经在铁制的护栏和靠墙的煤气管道之间拉上了"禁止入内"的黄色警戒条。房门的板材很薄，门边贴有一张姓名牌，上面写有"榊原"二字。

中村二人穿过那些警戒条，开门入室。

一进门，手边就是一间狭窄的厨房，再往里走则是一间八个榻榻米大小的房间。身穿深蓝色制服的鉴定人员正到处调查，忙个不停，

① 西铁指西日本铁道，是日本九州唯一的大型私营铁路公司。——译者注

但除了他们，现场就只有一名穿着西装的中年刑警，想必他的同事们都出去找附近的居民问话了。

"嗨，中村哥！"

中年刑警挥动着右手，带着亲切的笑容，主动开口招呼。为了避免沾上多余的指纹，他戴着白色的手套。

中村记得他姓滨口，便一边向他走去，一边说道：

"我们好像是最先到的嘛。"

滨口却摇摇头，否认道：

"很遗憾，你们是第二或第三名哦。一科的另几位兄弟来得更早，已经和我的同事一起去问话了……对了，要看看遗体吗？"

中村顺着滨口所指的方向看去，只见死者是一名三十多岁的男性，穿着茶色的毛衣和深蓝色的长裤，背靠在窗边的墙壁上，早已断了气。

他的头低垂着，脖子上有明显的红色痕迹，很像是粗绳的勒痕。尽管眼下还未进行司法解剖，警方不宜妄下判断，但他十有八九是被人勒死的。

"再过几天就是日本锦标赛了，结果出了这种案子，真让人头疼啊。"

滨口小声说着，仿佛是在自言自语。

——怎么又提这个棒球比赛了？

中村一下子觉得心烦，背后却传来了今田的嘀咕声：

"好惨呐……"

他大概是看到了死者的脸，才会发出这句感言吧。

那张脸又肿又胀，表皮呈紫色，是被勒死者的常见特征之一。无论看起来有多么骇人，至少警察对此已司空见惯，按说不会有这种反应。

然而，问题在于死者的表情。

他双眼圆瞪，龇牙咧嘴，似乎不仅承受了死亡的痛苦，更是遭遇了某种异常恐怖的经历！

"难道他临死前看到了特别吓人的东西？"

今田是个年轻人，想法非常朴素，把滨口这种"老将"都给逗笑了。

"只有刑侦剧里的警察才会关心死者的表情可不可怕。毕竟这很大程度上取决于尸况而非案情。就算是'安乐死'的死者，照样有可能一脸苦闷、扭曲。所以在查案时，表情并不可信。"

滨口开始教导今田，而中村打断了他，问道：

"被害人是这间房间的租客？"

"嗯，好像叫榊原隆一。"

"连名字都不确定？"

中村像是在挑刺，滨口那张温厚的圆脸也不禁有些不快，解释说：

"他大约是三个月前入住的，当时登记的名字就是'榊原隆一'，但说不定是假名。"

"他既然是租客，总得把住民票①的复印件交给房产中介公司吧？按说查得到。"

"这栋公寓的房东没有和中介公司合作，租房合同也搞得跟便条纸差不多，租客只需自行写下姓名和年龄即可。就是因为她这么随意，导致这里净住了些怪人。比如一楼就有两位租客，分别自称是小提琴演奏家和画家。"

滨口摊开双手，耸了耸肩。他或许本打算诉诉苦，说说向两位"大艺术家"问话有多辛苦，可表情却装模作样的，与他那副和善的长相并不相符，因此中村完全不同情他，继续询问死者的身份：

"驾照或者医疗保险证呢？也没找到吗？"

滨口摇头，随后别有深意地环视着四周，反问道：

"中村哥，你发现了吗？这间房间有点不对头啊……"

中村也四下打量了一圈。

狭窄的房内不仅一片冷清，甚至没有一丝生活的气息。

被褥看起来还是簇新的，叠得一丝不苟，两只大号的塑料箱叠放在一起，透过透明的盖子，可以看见箱子里放着内衣和换洗衣物，当然也折得非常整齐。

除了那两只塑料箱，房间里就没有其他家具了，连柜子、架子、

----

① 住民票是日本的一种人口管理模式，表示本人现居何处。日本公民拥有迁徙自由的权利，迁徙之后需要更改住民票上的地址，去有关部门登记，表示自己现居地发生变化。——译者注

桌子也未配备。厨房亦然，别说锅子、菜刀、煎锅等厨具，哪怕是最基本的电冰箱都不见一台。

中村从未见过这么不自然的房间，简直就像是在逃通缉犯的藏身地点。

"……这下子，必须把被害人的指纹送到警视厅的指纹库里去匹配一下了。"

中村喃喃道，潜台词即为被害人可能是记录在案的逃犯。滨口则领会了他的意思，默默地点了点头。

——但这里若真是犯罪者的秘密基地，那玩意儿可有些格格不入啊……

中村看向那两只塑料箱，默默地思考着。

箱盖上摆着一串黑色的念珠，每颗珠子都相当之大。

4

石动完全不知道，仅仅两个小时之前，福冈市某公寓内有人发现了一具死状诡异的男尸。

安东尼提议搭乘"百合鸥"号[①]去台场[②]，但石动无视了他的想

---

① "百合鸥"号全称东京临海新交通临海线"百合鸥"号，是日本东京的一条轻轨运输系统。——译者注

② 台场位于东京都东南部东京湾的人造陆地上，是东京最新的娱乐场所集中地。——译者注

法，开着自己的轻型汽车上路，结果又和昨晚一样，在首都高速湾岸线上遇到了严重的堵车。

"周六下午开车去台场果然是错误选项。"

坐在后座的安东尼已经不抱希望，自顾自地嘟哝着。

等他们好不容易抵达台场的海滨公园一带时，已经是下午两点多了。幸好石动谨慎地提早出发，所以只迟到了十五分钟左右。

和晴朗的福冈市相反，东京从一大早开始就是阴天，还时不时地下阵雨，眼前的大海也显得灰暗、浑浊。

但台场到底是东京的新兴景点之一。尽管天公不作美，此处照样人潮汹涌。光鲜亮丽的男男女女们不断从台场站和东京电讯港站涌出，其中近半数估计是从各地而来的游客。路上的年轻人们一个个都颇为亮眼，每张脸上均洋溢着开朗的笑容。

看着如此和平安宁的周末一景，很难相信这片海的不远处仍受到群发性地震的威胁，受灾的岛民们至今还在艰难度日。至于三宅岛火山的喷发，则更像是发生在遥远的异国。海风中夹带着微咸，没有一丝二氧化硫的臭味。

吉尔曼酒店是一栋高级酒店，共有十五层楼。大门上方嵌着一块银光闪闪的椭圆形金属板，目测是全新打造的，板上有酒店的英文名"Gillman's Hotel"和"旗鱼甩尾"图的浮雕。

一面玻璃墙将酒店大堂和外界区隔开来，上面没有一丁点污渍，通透如无物，怕是一不留神就会一头撞上去。工作人员应该每天都在仔细地擦拭它。

石动他们穿过自动门，踏入大堂，只见地上铺满了绯红色的地毯，红而不艳，透着一种深沉内敛的感觉。大堂一角被装修成了咖啡馆，数人（貌似是住客）蜷身坐在那里，看起来非常舒适放松，其中尤以外国人居多。

"九州乡下寺庙的住持到底为什么会住在这种昂贵的高档酒店里啊？信徒给的布施有那么多吗？"

石动东张西望地说着，安东尼也满脸羡慕之色，答道：

"大概是大生部社长邀请的。有大富翁赞助可真幸福。"

他们走到了前台，要求联系星慧大师。

尽管两人都穿着朴素，可系着蝴蝶结领结的前台服务员连眉头都不皱一下，依然笑容满面地接待了他们，足见这确实是一家一流的酒店，对员工的礼仪培训非常到位。

"一位姓石动的先生希望拜访您……好的，我明白了。"

服务员挂了电话，对石动说道："客人请您去他的房间，是十一层的二号房。"说完，还不忘恭敬地点头行礼。

这里的厢式电梯相当宽敞，四周都贴着镜子。石动他们乘电梯来到十一楼，只见整个楼层都采用了乳白色的装潢，一一〇二号房就在走廊的前方。

石动敲了敲茶褐色的房门，门很快就被打开了，一名身着深色西服套装的高瘦男子带着微笑，招呼道：

"欢迎，请进来吧。"

他剃着光头，无疑就是安兰寺的住持星慧。虽然没有穿法衣和袈裟，可站姿却充满威严，令拜访者也下意识地挺直脊背。

面对这样的高僧，石动不禁缩起了下巴，向他问候行礼，礼仪比平时更为周正。

星慧长着一只鹰钩鼻，眼角上扬，看起来比石动想象得年轻，但事实上很难判断他的具体年龄，只能说是在三十五岁到五十五岁之间。

他肤色黝黑，就像是一大块人形的巧克力。包括剃光了的头顶在内，整个人都晒成了小麦色，散发着健康的气息，说不定是个高尔夫球爱好者。

安东尼微微眯着眼睛，好像不太愉快，石动纳闷他这是怎么了。

星慧依然微笑着，将石动二人迎入，请他们坐在沙发上。

这是一间双人客房，贴墙摆着一张大号的双人床，床铺仿佛刚整理过，纯白的床单上没有一丝褶皱。轻薄的窗帘阖着，窗边是一只大号的行李箱。厚重敦实的书桌上有一本皮革封面的厚书，书页摊开着，远远看去，似乎是外语原版书籍。

"您就是石动戏作老师吧？"

星慧坐到书桌前，兴趣盎然地凝视着石动。

石动摇摇头，答道：

"您好，敝姓石动。叫'老师'可太抬举我了。对了，您知道我吗？"

"听过不少传闻呢，您是一位享有盛名的大侦探啊。我的熟人也是这么说的。"

"哦，是从大生部先生那里听来的吧？原来如此。"

听对方这么恭维自己，石动难免得意了起来。

"不，是比他更亲近的熟人。"

星慧又一次露出了微笑，而安东尼轻轻皱起了双眉。

"石动先生，差不多该聊正事了……但从哪里谈起呢？大生部先生对您说了多少？"

"他说，福冈县糸岛郡二丈镇阿久滨的安兰寺里藏着圆载的秘宝，希望我去寻宝。可我压根儿不知道圆载是谁。"

石动据实相告。

"我明白了，那么，我就简单地解释一下。"

星慧没有怜悯或嘲笑石动的无知，只是不时看向天花板，像是在回忆着什么，同时开始说明：

"圆载是九世纪的天台僧，也是比睿山高僧最澄的最后一名弟子，在最澄晚年时入山受戒。您知道最澄吗？他是天台宗的始祖，日后成为一名传教大师。"

"是和空海齐名的日本佛教巨擘吧？"

石动用力点着头，像是在表达自己当然具备这些常识。

星慧也郑重地点了点头，答道：

"是的。但现代的日本人或许都喜欢灵异故事，因此只赞扬空海。空海的一部分拥趸甚至倾向于把最澄塑造成恶人或空海的仇家……然而，最澄其实是一位不逊于空海的伟人。"

说到这里，他低下了头，接着道，"圆载是在承和二年，即公元八三五年开始登上历史舞台的。当时圆载和圆仁一起被选为遣唐僧。圆仁就是后来的第三代天台座主——慈觉大师。"

"'遣唐僧'是要渡海远赴大唐的僧人吧？"

"嗯，他在承和五年，也就是公元八三八年抵达了大唐。据说他当时在海上遭遇了一场凶猛的暴风雨，差点丢了性命，真是历经了千辛万苦。"

星慧想象着古人航海远渡的艰辛，一时间陷入了沉默，片刻后又重新开了口：

"圆载是去大唐留学的，而圆仁只是一名请益僧。两者的区别在于，留学僧得一直留在大唐学习、修行，而请益僧只需停留一阵子，随后必须跟着遣唐使回日本。事实上，获准进入天台山的仅有圆载一人，可圆仁却在归国途中下了船，留在大唐，成了非法入境者。"

说着，他飞快地瞥了一眼安东尼，而安东尼别开了脸，表情有些僵硬。

"后来，圆仁继续留在大唐学习。唐武宗即位之后，对佛教开展了大规模的打击行动，史称'会昌毁佛'事件。许多寺院惨遭破坏，出家人被迫还俗，据说异常惨烈。那段往事也被圆仁写入了著作《入唐求法巡礼行记》之中。那是他的旅行记录，内容描写得非常细致。"

星慧右手支着脸颊，轻叩着自己的太阳穴，往下说道，"可另一方面，圆载却几乎没有留下相关史料。因为他一到大唐，就上了天台山，找到国清寺的广修座主，向他请教了从日本带来的问题。那个问题被称为'延历寺的未解之惑'。尽管广修座主给出了解答，但日本的佛教界似乎仍有不满。曾经同样作为留学僧去过大唐的圆珍——即后来的第五代天台座主智证大师就提出过批判。呵呵。"

星慧轻声笑了起来。

"圆载常年于天台山修行。在大唐待了差不多十五年后，他和圆珍在国清寺里见了面。从圆珍的日记来看，圆载似乎是个大恶人，会贪污祖国送来的钱财，还因沉湎女色而溜出寺庙，甚至试图毒杀知道他种种恶行的日本僧人，好永远封住他们的嘴，品行非常不堪。听说有人信以为真，把圆载视作举世罕见的恶僧，但这些似乎全是圆珍编造的谣言。相传他很讨厌圆载。虽然不知道是因为他太过任性，还是圆载太过强势，反正国清寺的那场会晤也是剑拔弩张的。最后圆珍一气之下，就在日记里写下了各种或真或假的坏话，把圆载辱骂了一通。"

"那么……'秘宝'又是怎么回事呢？"

石动胆怯地插嘴问道，他对天台宗的"八卦"实在提不起兴趣。

星慧继续讲解着：

"圆载在大唐生活了近四十年。直到元庆元年，即公元八七七年，年届七十的他决定返回日本。可这样一位老人，到底为什么要冒着巨大的风险回国呢？没人知道原因。但总之，圆载把这四十年来收集的书籍、佛像、佛具等都运到了大唐的商人——李延孝的船舱里，并乘坐那艘船返日。"

"'秘宝'是贵重的美术品之类的吗？他回到日本之后，把它们藏在了九州？"

听了石动的问题，星慧微微笑了，答道：

"归途中遭遇了暴风雨，船沉了，他和李延孝都溺水身亡，最终还是没能回到日本。只有他的伴僧——智聪抓着一块浮板，一直漂到了大唐的温州海岸，活了下来，之后跟着别的船回了国，上报了圆载的死讯。至于圆载原先运入船舱的物品，则和那艘船一起消失在了茫茫大海之中。"

"'秘宝'沉在海底了？既然如此，与其花钱委托我这种人，我更建议他去租深海调查潜艇啊！虽然没什么可自豪的，但我真不会游泳。"

石动慌乱地说着，星慧则缓缓地摆了摆手，说出了沉船的后续：

"圆载确实死于海难，然而，他送上船的东西却漂到了日本。"

这时，他向前探着身子，凝视着石动的双眼，道，"《安兰寺缘起》里就是这么写的。这册书记录了我寺的由来，其中提到：在圆载不幸身亡的第二年，也就是元庆二年的夏季，一只巨大的木箱漂到了阿久滨的沙滩上。它似乎在海水中浸泡了很久，表面已经完全变色了，好在里面的东西完好无损。当地的渔夫撬开了箱子，发现里面有一尊佛像，以及若干其他物品。"

石动仿佛被他的眼睛吸住了，专注地倾听着。

"渔夫们把那只大木箱呈给了那一带的高僧——网哲。网哲一眼就看出了那尊佛像的重要价值，便奉它为本尊佛像①，在阿久滨的山中创建了寺庙。那即是我寺——安兰寺。而我们的本尊佛像至今仍是那尊'黑智尔观世音菩萨'像。它自建寺以来就一直坐镇在大殿。"

"黑智尔观世音菩萨……"

石动愣愣地自言自语道，星慧撕下一张便条纸，写下这一名称。石动身旁的安东尼亦看向了那张纸片。

"网哲将木箱中的其他物品也当作是镇寺之宝，藏匿了起来。虽然世人都认为它们就沉睡在安兰寺内的某处，可没人找到记录地点的文件，因此，它们的具体位置始终是个谜。"

"请问，到底是什么东西？很贵重吗？"

"是非常重要的东西……也是世界上最为珍贵的宝物……"

星慧似乎不打算详细说明。

"原来如此……"

石动抱着胳膊，略微思考了一会儿，接着道：

---

① 本尊佛像即寺庙中供奉的主佛。——译者注

"从现状来看，我们得先去贵寺叨扰一番，重新调查文件资料。"

"您愿意接下委托？"

闻言，石动用力地点了点头，可又立即补充道：

"我并不擅长寻宝，无法保证一定能成功。之前在岐阜县处理案子时，我也是碰巧才解开了暗号的……不过，听了您的话，我对这个委托有点感兴趣了。"

此外，石动还默默想着另一件事。那就是昨晚谈话时，大生部开出了一个诱人的金额。眼下石动都快交不出事务所和住所的房租了，如此优越的委托条件真是可遇不可求。

"话说，您何时方便动身前往阿久滨呢？"

星慧静静地问道。

"我打算尽快出发。只要买好飞机票，周二或周三也没问题。大生部先生说会帮我安排住处的。"

"他应该会让您住在阿久滨庄吧。它是阿久滨唯一的旅馆，但设施比较简陋，说它是旅馆可能都抬举它了……"

星慧的指尖点着嘴角，轻轻地笑了出来。

"等您确定好日程，还请告知我，届时我去车站接您。现在我在东京的事都办完了，今天就会回阿久滨。"

说着，他又撕下一张便条纸，写下了自己的电话号码。

离开星慧的房间后，安东尼若有所思地对石动说道：

"老大……这次的委托，能带上我吗？"

"真稀奇啊，你平常可绝不会说要陪我一起工作。行吧，只要大生部先生愿意支付差旅和住宿的费用，我当然无所谓。既然他能请乡下寺庙的住持住那么高级的酒店，想来也不会介意这点经费。"

石动笑了出来，下一刻却突然盯着安东尼的脸，问道，"刚才在星慧的房里时，你怎么从头到尾都板着脸？怎么了？"

"不，没什么……只是我每次都留着'看家'，已经有些腻了，偶尔也想去旅个游。"

安东尼轻快地答道，但眼神却很严肃。

5

天上飘着一层薄云，梦求一动不动地站在柏油路上，眺望着九头龙池。

九头龙池又名"龙池"，传说第十八代天台座主——元三大师良源封印了池中的大蛇。

当时，一条巨大的蛇妖住在这方池水中，附近的村民深受其害，向元三大师哭诉，于是大师便来到池边，对大蛇说道：

"听说你拥有法力，你是无所不能的吗？"

而大蛇则回答：

"世上没有本大爷办不到的事。"

"那么，你会变大吗？变给我看看！"

"小菜一碟。"

说完，大蛇就变得更为巨大，直插云霄。

"太了不起了！"

元三大师很是佩服，随即又道：

"接下来，你能变小，爬到我的手掌上来吗？"

"这也简单。"

大蛇答应了，把自己变得非常细小，还来到了元三大师的手心里。就在这一瞬间，大师借用观世音菩萨的力量，将大蛇封印了！

随后，他唤来了弁财天^①，希望她能收下大蛇，留在身边作为使者，而大蛇也痛改前非，开始侍奉弁财天。时至今日，九头龙池旁仍供奉着龙池弁天的祠堂……

尽管传说听起来气势恢宏，但梦求眼前的九头龙池却意外只是个正方形的小池塘，很像是农业用池。要不是大蛇可以自由变换大小，肯定没法生活在这么狭窄的地方。

而现在，池子里已经空空如也，底部长着无数杂草。想必大蛇已经离开，在弁财天的身边过着幸福的生活。

——但是，再冷酷的传说中也蕴含着真理。

---

① 弁财天源自印度教的辩才天，传入日本后成为七福神之一，是福德自在神，也是七福神中的唯一女神，精通音乐、善于雄辩，其形象为头饰八莲冠，怀抱琵琶。相传大蛇被收为女神的使者后，化身神龙，以自身神力保佑前来祈福的百姓。——译者注

梦求如此想着。他领悟到，为了对抗邪恶，就不得不借用观世音菩萨的力量。

梵钟响起，声音距离他很近。他闭上双眼，轻声吟诵起了《观音经》中的一节：

"或遇恶罗刹，毒龙诸鬼等，念彼观音力，时悉不敢害。若恶兽围绕，利牙爪可怖，念彼观音力，疾走无边方。"

这段经文的意思是：或在遇到恶罗刹鬼、毒龙等诸多牛鬼蛇神时，只要一心念着观世音菩萨，它们便不敢害人。如果被凶暴的野兽包围，它们的爪牙尖锐而可怕，只要一心念着观世音菩萨，它们便会立刻逃散。

"抱歉，打扰您……"

梦求听到有人在对自己说话，便睁开了眼睛，只见面前站着一位中年女性。她戴着一副大大的玳瑁眼镜，满面笑容。

"能麻烦您帮忙拍张照吗？"

她边问，边举起了手中的照相机，看来是一名游客。

比睿山可谓是天台宗的"灵山"，具有重要的宗教意义，如今却已彻底成了观光景点。即使此处是位于比睿山最深处的横川，地处偏僻，还是频频有游客造访。

但眼下才上午十点多，所以梦求一时大意，没想到这么早就有人来观光。事实上，由于今天是周日，不少游客已经抵达横川了。而之前传来的车辆声，应该就是今天的第一班比睿山内线短驳车。

于是他没有作声，只是摇了摇头，坚定地拒绝了那名女游客的请求，随后直接离开了。对方露出了遗憾的表情。

慈觉大师（即圆仁）开辟此地时，它确实是深山中的隐世之处、潜心修行的清净之地，现在则大不相同。缆车将山脚下的坂本与山上的东塔连接在了一起，上下便捷；而从东塔坐短驳车的话，只需十五分钟就能抵达这里。这个时节的游客还算少，等到红叶尽染，客流量应该又会大增。

东塔、西塔、横川三处均设了停车场以及"参观券"的售票点，到处都是标了方向与简介的指示牌，山道上的餐馆也建得像高速公路边的停车区一样，甚至有人认为，梵钟那响彻全山的庄严钟声是寺庙提供的"特殊服务"，以提升游客的观光体验……

——但这充其量只是比睿山的一个侧面。就如同佛教有显宗和密宗[1]之分，比睿山也有两副面貌，一显，一密；一表，一里；一遮

---

[1]　显宗和密宗是大乘佛教的两大法门，也叫显教和密教。——译者注

黑佛

那，一止观①……

首楞严院的墙体是鲜亮的朱红色，梦求走在它旁边的小道上，一边如此琢磨着，一边往深处去。

就在他即将到达修行场时，一名高大的僧人从砂石路的彼端跑了过来，身上穿着与他相同的蓝色劳作服。

来人法号文庆，是个豪放爽快之人，此刻却难得满脸认真，这让梦求产生了一种不祥的预感。

"你要上哪块子去？"

文庆老家在大阪，说话带着关西口音，音量震耳欲聋。梦求心里越发不安，便问道：

"怎么了？"

"不得了嘞！你冷静听俺说……慈念死了！！"

"什么？！"

梦求咬紧了嘴唇，脑中浮现出了慈念的脸庞和正直的性格，接着问道：

"他是被人杀死的？"

"是啊，他潜伏在福冈市的一间公寓房里头，昨天有人在那里发现了他的遗体。听说死者用了假名，叫作'榊原隆一'，但那肯定就是慈念本人！"

---

① 遮那和止观即遮那业和止观业，并称"两业"，是日本天台宗的必修项目。——译者注

"已经通知他的家人了吗？"

"嗯，他老婆①性子很刚强。听说丈夫没了，也拼命忍着情绪，不哭不闹，还同意隐瞒他的身份，让他就这么无名无分地走……"

"就不能为他办一场葬礼吗？"

梦求冲口而出，又直视着文庆的眼睛，问道，"还有……人是他们杀的吧？"

"当然是他们。"

文庆点头表示同意。

"但我不明白……慈念不可能出错啊……"

梦求十分不解，因为慈念为人谨慎，做事总是很细致，能够隐蔽地行动，所以才被委以重任。他想象不出这样的人会不小心犯错，暴露了自己。

"他们是怎么发现他的？"

"听说是他觉得某个女人很可怜，打算去说服她，叫她别做傻事，说现在还来得及。于是和她有了接触……唉，那个大傻瓜就是这么被抓到了踪迹的。"

文庆皱起了眉，泪水在眼眶里打转。

"照这么看，他们已经知道我们的动向了。"

"嗯，可座主大人今天开始就要去根本中堂闭关，俺们得抓

---

① 日本明治维新时期，政府颁布了"解禁肉妻带"的法令，规定僧人可以自愿吃肉、结婚。——译者注

紧咧……"

说罢，两人一起快步前行，走过脚下的砂石路，进入树林，踏上了一条山路。

林子里树木繁茂，枝叶交错，荫翳蔽日。山路右侧是一片险峻的悬崖，崖下杉树与枫树丛生；再往深处便完全没有游客了，即使在白天也一片昏暗，因此还能看出比睿山往昔的宁静风貌。

狭窄的山路尽头有一小块空地，微弱的阳光打在小小的鸟居^①上，呈现出几分朦胧之意。那是一座没有铭板的石鸟居，左右两侧各有一盏献灯，后方是一座小型寺庙。

两人又穿过鸟居，往寺庙走去。文庆扫视着四周，确认没人之后，打开了紧闭的庙门，率先走了进去，梦求也紧随其后。

6

十月十六日下午，福冈县警署搜查一科的中村警部补坐在自己的办公桌前，面对着一堆资料和报告文书，眉头紧锁，陷入了沉思。

在接到"公寓男尸案"的报警后，南署迅速成立了"那川三号街男性勒亡案件搜查总部"，并于上午召开了第二次调查会议，他桌上的文件也都是在会上派发的。由于调查工作在初期阶段便已碰壁，会议的氛围相当凝重。

---

① 鸟居是日本神社的附属建筑，外形类似牌坊，代表神之领域的入口。——译者注

　　为了找到突破口，中村决定先回一趟县警署，从头开始重新梳理案件，但无论看多少资料，他都没有任何头绪。

　　他已经灌了一杯黑咖啡提神，又泡了第二杯，却无暇分心去喝。最终，他叹了一口气，将冷却的咖啡送到嘴边，看向窗外。

　　日莲上人也正在窗外看着中村。

　　福冈县县警署总部位于博多区的东公园一带。那是一座绿意盎然的大公园，和警署之间只隔着一条马路，彼此确实离得很近。而公园的一角则建有日莲宗①的寺院，全名叫作"身延山福冈别院护寺教会"。

　　寺院里矗立着无数柄竖旗，悬挂着许多红白相间的灯笼。前来参拜的善男信女总是络绎不绝，他们的目的地就是坐落在寺院深处的日莲上人颂德碑。那里还有一座高约五米的巨型铜像，雕刻着上人左手秉烛的姿态，铜像的脸正巧对着福冈县警署。

　　拜其所赐，中村等刑警每天都在日莲上人的注视之下埋头苦干。这或许也是一种福气，但每逢调查陷入僵局时，他们便会感到上人因他们的无能而生气，虎着脸训斥着他们：

　　"你们到底在磨蹭什么？为了国家安宁，必须早日逮捕歹人！现在已进入末法时期②，你们若不拼命奋战，又怎能保护国民？！"

___

① 日莲宗是日本佛教主要宗派之一，创立于镰仓时代中期（约13世纪），创始人为日莲上人。——译者注

② 末法时期是佛教术语，指佛法的衰微时期。——译者注

至少，中村此刻就有这种感觉。

此时，自福冈机场出发的飞机一边发出轰鸣声，一边斜穿过铜像正上方的朗朗晴空，构成了一幅极富超现实主义色彩的画面。

中村躲避着日莲上人的"怒意"，再次看向桌上的文件堆，开始冥思苦想。其实，他今天已经如此反复了好多次。

——首先是犯罪的时间。

中村拿过司法解剖的报告书，细细看了起来。

警方正式确认，被害人的死因是勒亡。有人使用了粗长条状的凶器，用力勒住了他的颈部，导致他窒息身亡。而凶器很可能是粗绳。

死亡时间大概是在遗体被发现前一晚的八点至十点。虽然时间跨度略大，好在有房东的证词，可以进一步缩小范围。

房东名叫青沼君枝，就住在公寓后边。案发当晚，她从自宅出发，前往被害人租住的八号房，准备收取房租，出门时看了一眼手表，发现已经过了八点半。而在拜访被害人之前，她先找了一楼的两位租客，所以是在八点四十五分左右抵达八号房的，并亲眼见到了当时尚在人世的被害人。

"他和平时没什么两样，也按时支付了房租……虽然待人接物的态度有些生硬，但人还挺好的。"

君枝对中村说道。

她把头发染成了茶色，小个子，一脸穷酸相，似乎只靠交不交房租来判断租客的好坏，此外一概不予关心。

而这也体现在了她管理公寓的方针上。毕竟警方向她咨询被害人的品行时，她只答了一句"不清楚"。

案发那晚，被害人给了她六万日元，她没法当场找零，于是第二天（即十四日）上午再次去了八号房，想把钱找给他。可无论怎么敲门，被害人都没有回应，门也没有上锁。这让她心生疑惑，便开门进去看看情况，结果发现了他的遗体。

听了她的证词，中村心想，被害人应该是在晚上九点到十点之间遇害的。凶手很可能趁着这一小时行凶。

作案后，凶手想必在八号房里逗留了很久——也就是说，现场留有凶手的指纹！

接下来，中村又将视线投向了鉴定科的报告书。

报告显示，八号房不仅没有可疑的指纹，甚至找不到被害人本人的指纹。

从房间的样子来看，这里的确不像是生活的场所，倒像是临时的落脚点，因此被害人本就未留下多少痕迹。可即使如此，测不出一枚指纹也着实离谱。大概是凶手仔细地将指纹全都擦掉了。至此，中村在脑海中勾勒出凶手的大致形象：那是个做事细心周到的人。

——可凶手为何要擦去所有的指纹呢？有必要慎重到这种地步吗？

关于这一点，中村第一个想到的，就是凶手经常进入被害人的房间，在各个地方都留下了指纹，所以只能全部清理干净。若顺着这条思路推理，可知凶手大概率与被害人关系密切，且有前科，其指纹也被记录在警方数据库中，故而必须湮灭证据。这样一来，入室抢劫的可能性便几乎为零了。

——那么，清除室内所有的指纹，又需要多少时间呢？

中村回想着被害人的房间——尽管狭窄，却也有八个榻榻米大小，至少得花上一个小时才能把指纹清理完毕。换言之，凶手杀人后，起码要多待一小时，到十点再离开。

——不过，凶手在现场停留了这么久，难道就没有被人目击到吗？

思及此处，中村便翻开了厚厚的调查报告书。

凶手是在十三日晚上动手的。当时公寓里还有另外两名租客，两人均住在一楼，一人自称小提琴演奏家，一人自称画家，但前者忙于练习曲子，后者一心进行创作，都没有注意到其他动静。

事实上，中村在问话时，一号房的老人为他演奏了小提琴，二号房的画家也展示了那些略显恶心的画作，水平之差远超想象。中村无法理解，他们怎么会沉浸在如此糟糕的"艺术"体验之中，甚至察觉不到外界的异常。可既然他们本人如此主张，中村也没有办法。

此外，君枝在证词中提到，当她挨户收取房租时，看到路上有个可疑的人影，就站在电线杆后。她夸张地比画着，坚称那绝对就是凶手！

她的猜测有可能是正确的，然而算不上是有力的目击情报。因为警方也走访了街坊邻居们，暂时无人表示见过神秘人物出没。

不过，警方在问话调查的过程中，倒是得到了一份意外收获。公寓二楼五号房的租客一见到警察上门，就脸色大变，打算直接跳窗逃出去。

警方立刻拿住了他，希望他去警署"小坐片刻"，协助查案。

可是，那名租客和此次的命案没有任何关系。他是印度尼西亚人，签证已经过期了，目前正非法滞留在日本境内。

负责问他话的同事撇着嘴抱怨道：

"那栋公寓里怎么全是些怪人？被害人八成也不正常，看来我们可以往东南亚非法入境者的方向调查一下。"

中村暗忖，或许真是如此。

这桩案件最关键的问题即在于，被害人的身份至今不明。他围绕着最大的调查难关反复思考，举棋不定。

被害人自称"榊原隆一"，房东手里的租房合同（更像是一份便条）上登记的就是这个名字，房门口的姓名牌上也写着"榊原"二字。可是，他的房中没有任何能够证明身份的证件或物品。保险起见，警方还去了市政府的办事处，结果不出所料，他并未提交过住民票。综上，搜查总部认为，"榊原隆一"恐怕是个假名。

与此同时，被害人的指纹被火速送到了警察厅的数据中心做比对，但最后也没有找到案底记录。

现在，警方正在筛查与他同一年龄段的男性失踪人口列表，截至目前还没有找到符合的对象。

事实确实如那位同事所言，住在那栋公寓里的全是"怪家伙"。他是地道的博多人，很清楚福冈市是九州的第一大都市，难免龙蛇混杂，聚集了大量可疑人物，估计也有很多人用了假名，隐瞒身份，居住于此。

但人总有家人，亦会在生活中与他人相识。而这位被害人却例外，整个人就仿佛一个大谜团，从来没有人联络他或有事找他。

退一步说，即使他为人孤僻，跳出红尘，挥别俗世，渴望隐居，也必须确保最基本的衣食住行。这就意味着，他必须赚钱养活自己。

实际上，虽然他只是在一栋旧公寓中租了一间房，不像富裕之人，可在付房租时非常爽快，能当场拿出六万日元，还对房东说不急着找零。这又证明了他不缺钱。

那么，他的钱是从哪里来的？如果他有工作，为什么职场上的相关人员不主动联系警方报失踪？难道他从事着见不得光的职业？

犯罪者、非法入境者、逃亡者……凡此种种，皆有可能，但无论中村怎么思考，都无法把这些碎片拼凑起来。

他完全看不清被害人的真面目。

想到这里，中村又叹了一口气。

在上午的调查会议中，搜查总部部长做了一个重大决定——在媒体上公开被害人的面部照片。

而且，由于警方没能找到被害人生前的照片，只得将他的遗体照提供给媒体。

当然了，被害人是被勒死的，媒体不可能直接展示他那张因痛苦而扭曲的凄惨面容，会尽量做一些化妆与调整，再用软件修正照片，使其更接近生前的样貌，从而隐瞒那其实是死者的遗容。

最后，搜查一科科长一脸严肃果决地宣布：

"这件事是绝密中的绝密，对亲近之人也务必保密！"

总之，只要收集不到被害人的情报，调查工作就不可能取得进展。中村此刻也只得祈祷，但愿科长那艰难的抉择能够得到切实的回报。

7

石动买到了周二的机票。

十月十七日，石动和安东尼赶往羽田机场。这将会是一场为期一周左右的长途旅行，石动不愿把自己的爱车（虽然只是一辆二手本田）在停车场扔那么久，所以才采纳了安东尼的建议，选择了东京单轨电车。

行李箱里塞满了替换衣物和随身物品，沉甸甸的，由安东尼负责搬运。

他们乘上了上午十点五十分起飞的ANA249号班机，飞往福冈，全程仅一小时四十分钟。

石动把椅背放倒，悠闲地躺了下来，读起了文库本①小说。这时，他突然开始想象古人圆载的旅行。从中国到日本的航程自然充满危险，而回到九州后，还要出发前往帝都（即京都）或比睿山，那道路也无疑是漫长且艰辛的。他们大概得先坐船抵达大阪一带，接着徒步前行，不知要花多少时间才能到达目的地。一周，还是一个月？可无论耗时多久，在能够一边轻松地阅读一边在空中飞行的现代人看来，那样的旅途都是不可思议的。

下飞机时，福冈正在下雨。他们从带式运输机上取下行李箱，来到了机场大厅。

大厅的内部装潢采用了大量的金属元素，颇有未来都市之感，透过玻璃窗，可以看到外面那灰暗的天色以及蒙蒙的细雨。

这里是温暖的南方，但或许是因为这场雨，气温比石动预计的更为寒凉，体感和东京差不多。他暗自庆幸，还好没穿半袖衫。

出门遇雨固然可恶，不过此行并非为了旅游观光，所以没什么好惋惜的。他们的原计划就是不出机场，直接搭乘列车穿过整个福冈市，往阿久滨去。

---

① 文库本是日本的一种便携式小开本图书。——译者注

各个航空公司的服务台在机场大厅中一字排开，乘客们也混作一团。由于今天是工作日，因此他们大多是商务人士而非游客，都穿着藏青色或黑色的西服套装，每十人中就有一个正忙着打电话。

石动和安东尼穿过这波人潮，拖着大号的行李箱，往市营的地铁站走去。

"福冈机场线"是一条东西向的地铁，位于福冈市的地下，西侧的终点站是佲滨站，只要出站即可换乘JR筑肥线。而筑肥线一直开通到佐贺县的伊万里，并在那里与佐贺县内的各条JR线交会联通。

石动逐级而下，走上传送带，沿边快步前进，总算来到了福冈机场站。他站在一排橙色的售票机前，抬头看着地铁站线路图，只见上面写着：

……佲滨—下山门—今宿—周船寺—波多江—筑前前原—美咲之丘—加布里—一贵山—筑前深江—阿久滨—大入—福吉……

"看来得坐挺久啊，车票都快要八百日元了呢。"

石动小声嘀咕道。

安东尼轻轻地坐在行李箱上，盯着石动，抱怨道：

"老大，你还没买好车票吗？你准备一直让我来拖这个箱子吗？"

"谁让你说想跟我一起来啊。"

石动笑嘻嘻地答道。反正他轻装上阵，只有右手提着一只挎包。

为了能尽快出发，等地铁列车一到，他们就立刻乘了上去。可之后却发现，这其实操之过急了。

银色的地铁列车一路向西，大约三十分钟之后驶出了地下隧道，在下着雨的露天路段上驰骋，接着终于停在了侄滨站。

石动二人下了地铁，发现必须再等十分钟，才会有筑肥线的直通车。所以他们刚才就不该急着上地铁，而该好好等直达列车。不仅路上耗时一致，还不用中途换乘。

直达列车整条车身都是银色的，可头尾和车厢门皆为红色。它从福冈机场站出发，一路不停，直接开往筑前前原；接着下车，在筑前前原的月台上等上十五分钟，静候唐津方向驶来的列车抵达即可。

"偶尔像这样悠闲地旅行一次也不错啊。"

石动坐在长椅上，自言自语道。

银色加红色的搭配非常奇妙，似乎是筑肥线车身的标志性配色。

列车行经筑前深江时，轨道右边有一片海，叫作"玄界滩"。

天色阴沉，晦暗的日光将海面也染成了灰色。北风卷起阵阵浪潮，但规模与声势都不算大；只是等寒冬到来后，大海想必就会在惊涛骇浪中显露出凶暴的本性……

石动不禁又想象起了圆载的旅途。

下午两点过后，石动和安东尼在阿久滨站下了车。

令他惊讶的是，这居然是一座"全自助"式的无人车站。

月台上方做了通高①设计，还设置了自动售票机，机器上写有"近距离票"几个大字。一只检票箱静静地立在出口处，外观和信箱颇为相像。

他们在福冈机场给星慧打过电话，他现在已经等在出口旁了。

他穿着黑色的法衣，披着轮袈裟，和之前在东京时大不相同。尽管他脸上挂着平静的笑容，但在僧衣的加持之下，气质反而比上次更具威严。

"辛苦二位远道而来。"

星慧招呼道。

一名身穿白色工作服的矮小男子站在他身旁，打着一把蛇眼伞②，为他遮雨，不过自己倒是被淅沥的小雨给淋湿了。

男子剃了光头，估计是安兰寺的僧人之一，负责杂务。在禅宗的体系里，这类僧人会被称作"典座"或"床座"。

这时，石动突然好奇，安兰寺属于哪种宗派呢？根据星慧在酒店里的说法，大概是天台宗吧……

"请二位先去旅馆放行李，再随我们参观安兰寺吧。石丸，帮客人拿行李。"

———————————

① 通高是一种建筑内部的处理方式，即楼层与楼层之间不设楼板，直通上去，可以有效提升开放空间的品质，同时满足视线交流、采光与传声的需要，使空间呈现纵向的开阔性与流动性。——译者注

② 蛇眼伞是一种具有日本特色的油纸伞，伞面色彩鲜艳，撑开后可见整个伞面中间绘有一圈白环，呈蛇眼状，通常较轻、伞骨较少。——译者注

看来那名矮僧叫作"石丸"。

石丸恭恭敬敬地把伞递给了星慧，接着走了过来，将手伸向行李箱。

可安东尼却把行李箱往后一拉。

石丸面无表情，抬起那双如青蛙般间距颇大的眼睛，紧盯着安东尼。

安东尼静静地说道：

"没事的，我自己拿着就好。"

"你不是不想拖行李箱吗？"

听石动这么问，安东尼嘿嘿一笑，回答说：

"哎呀，都快到目的地了，也不差这么一会儿。"

石丸默默退下，从星慧手中接过伞，再次在旁待命。

他从方才起就没有说过一句话。

"去阿久滨庄的话，请往这边走。"

星慧一边说着，一边率先迈出了脚步。

此时雨势已经转小，石动和安东尼不愿把伞从行李箱里拿出来，便直接冒雨前行。

他们穿过道口，来到筑肥线的北侧，并排走在路上。国道202号是东西向的，路面并不宽阔，但路上的卡车和油罐车总是络绎不绝，车速也相当快，估计是福冈与佐贺之间的货运路线。因此，相关管理部门在横道线的两端安装了按钮式的红绿灯①。

一座小小的加油站紧挨着横道线，衣帽着装统一的工作人员正无所事事地靠在柱子上。

一条南北向的道路横穿国道202号和筑肥线，沿着它往前看去，会发现尽头处有一面混凝土墙，墙后依然是融为一体的灰色天空与灰色海面。

而他们身后的道路也一路延伸，一直通向一座小山。由于四周都是平地，那座小山就宛如拔地而起，表面则长满了绿树。现在才刚刚进入枫叶转红的时节，放眼望去，但见几点赤红镶嵌在一片苍翠之中。

道路两边建着一排排民宅，几乎都是瓦顶木墙的日式老屋，墙面也开始泛黑，但其中还是掺杂着几栋现代风格的新居。

事实上，这里曾是一个小渔村，市郊住宅区的新式宅邸与当年流传下来的老式建筑混合在一起，形成了一股奇妙的和谐感。方才路过的几处宅子更是特殊。若它们出现在东京的地皮上，甚至可以被称为"豪宅"（当然，在福冈应该也算豪华的），而且看起来才建了没几年，平屋顶、石灰墙、十字窗框的外凸式玻璃窗都干干净净的，尚未沾染污渍。往围墙的缝隙中一瞥，还能依稀看到宽敞的庭院以及养护得当的树木。

---

① 行人需要过马路时，只需按下按钮，过一段时间红绿灯就会变成绿色，让行人通过。——译者注

石动一行人走在这条路上，却未遇到任何阿久滨的居民。鉴于这一带似乎没有商店和小饭馆，确有可能降低人们出门走走的积极性，但连院子里、窗户边都不见人影，可就有些不寻常了。

——莫非因为下雨，大家都窝在家里？

石动正琢磨着，却看见前方有两人结伴从海边走来。

那两人给人的感觉非常奇妙，其中一人是名年轻女子，二十多岁的年纪，穿着色彩鲜艳的花朵图案连衣裙，撑着一把白伞，一头短发染成浅茶色，肤色白皙，五官非常符合男性的喜好，眼神却有些飘忽，散发着一种能够唤醒他人父爱的气质，仿佛弱柳扶风。但凡壮实点的男性，都会认为自己应该去搀扶她。

然而，同行的男子反而需要依靠她的搀扶，方可勉强行走。即使距离颇远，也看得出他正酩酊大醉，步履蹒跚，膝盖僵硬，好像下一秒即会摔倒。

他深深低着头，头发花白，似乎已经上了年纪，穿着灰绿色的工装和黑色的长筒胶靴，和女子的花裙子很不匹配。而这也引起了石动的好奇。

女子看到星慧，便朝他点头致意。星慧则停下脚步，等着那两人走近。于是，石丸、石动、安东尼三人也跟着一起站在了原地。

星慧先开了口：

"瑠美子小姐，您好。章造老爷子又喝醉了啊？"

原来这名女子叫瑠美子。只见她微微笑了笑，答道：

"是啊，他每天都只知道喝酒……"

"章造老爷子，酒虽美味，但也要适量饮用哦，别让您女儿担心。"

听到这番话，章造抬起了花白的脑袋。由于久经日晒，他满脸皱纹，肤色黑里透红，用失焦的双眼盯住了星慧，嘴里不知在嘟哝什么。

接着，瑠美子又看着石动他们，并向星慧询问二人的身份，星慧便介绍说：

"这两位是特地从东京过来的侦探先生和助手先生，要在安兰寺调查一些东西。"

"哦，是大生部先生委托的吧？"

她明媚地一笑，边上的老父章造也用浑浊的双眼打量起了石动。

石动赶忙鞠躬行礼，而她亦回了一礼，答道：

"路途遥远，您辛苦了。"

寒暄过后，她就带着章造离开了。

回头看去，只见他们二人走进了方才那栋石灰墙的豪宅。

"……那两位是父女吧？"

石动问道，星慧轻轻点头，说：

"嗯，他们家姓'上鸟'，瑠美子小姐是章造老爷子的女儿。"

"他们家的宅子可真气派……"

石动没有把真实想法说出口。其实，他觉得那对父女实在不像是住得起那种房子的人。

然而，星慧似乎察觉到了他的心思，呵呵大笑道：

黑佛

"章造老爷子确实人如其貌，是个无能的父亲，但瑠美子小姐十分可靠，之前在福冈市里上班，最近刚回到故乡阿久滨，还出钱改建了家里的房子，很有孝心。"

——她还这么年轻，就有钱改建一整栋房子？

石动刚想插话提问，星慧已然别开了脸，只说了一句"阿久滨庄快到了"，便继续往前走去，看样子不想再多聊。

阿久滨庄的周围都是日式老宅，而它自身又是其中最老旧的一栋。

木制墙壁上满是节疤，且相当陈腐、破烂，玻璃拉门上的破口也是用报纸临时堵上的。无论怎么看，这里都和废墟不相上下，却挂了一块写有"日式旅馆阿久滨庄"的招牌，表示此处是旅馆，真是太令人诧异了。

一位老妇接待了他们。她身材非常矮小，仿佛可以站在人的掌心之上。待她接过行李箱后，星慧便提议道：

"虽然行程仓促了些，但我想先带二位去安兰寺看看。"

闻言，石动和安东尼立刻对视了一眼，不过还是同意了。

雨已经停了，星慧带头回到了来时的路上，石丸把蛇眼伞收好，夹在胳膊下，跟在星慧身后，石动和安东尼则走在最后。

他们又一次穿过国道202号，经过路口，来到筑肥线的南侧，继续前行。左右两侧的民宅很快就被他们抛在了后边，柏油路也到头了，接下来便是凹凸崎岖的山路。

泥地高低不平，到处都是硌脚的石头。越往山上走，周围的树木就越高大，茂密的枝叶遮蔽了上空，眼前也越发昏暗。

既然安兰寺就在前方，那么这条山路便相当于参道[①]了。路的两旁都是茂密的竹林，竹子长得特别粗壮，这样的景致按说与参道颇为相称，不过正中央却有一堆非法丢弃的垃圾，包括一些连电子元件都裸露在外的电子产品、生锈的自行车轮等。总之，这条"参道"过于荒芜，不像是常有人来参拜的样子。

走着走着，眼前的山崖上布满了粗糙的岩石，石堆中间出现了一条长满青苔的石阶，抬头看去，只见它的尽头处即是寺院的大门。

他们快步上行，来到院门前，发现门顶上有多处瓦片剥落，有些地方甚至因破损而出现了凹坑，悬挂在正中间的黑色匾额往右倾斜，上面写着"安兰寺"三个大字，字色与底色颇为协调。

——好一座破庙！

石动心中大惊。

他觉得这里很适合给学生在暑假期间举办"比胆量"活动，但完全不像是藏了宝贝。

莫非星慧骗了大生部？为了从好奇心强烈的大老板手里"捞钱"，他故意捏造了"圆载的秘宝"？

"二位，这边请。"

星慧一边说着，一边泰然地迈进了寺门，随后招手示意，让他们

---

① 　参道即参拜时走的道路。——译者注

黑佛

都跟上，不知有否察觉到石动的疑心。

穿过寺门，就见一条石板路在眼前铺开，一直通往大殿。

大殿倒不像寺门那么破败，房顶也完好无损，右边有一栋小小的藏书库，再往深处看去，则能隐隐瞧见另一栋小建筑，想来应该是星慧和石丸的住所。

成排的灯笼装饰在石板路的两边，灯笼与灯笼之间栽了一些又细又高的树木，树干坚硬，排列整齐。树枝纤细，叶片才刚开始泛红，还结出了几颗黄色的椭圆形果子。从旁经过时，一股酸甜的香气扑鼻而来。

"这是花梨树，在中国又叫安兰树。等再过一阵子，叶子都会变红的。"

星慧回过头来，向石动二人说明道。

"原来如此，所以贵寺才叫作'安兰寺'。"

"是的。"

到达大殿后，石丸依然夹着伞，独自走入了内侧，从众人眼前离开了。

星慧脱下了竹皮屐①，走上木制台阶，石动和安东尼也学着他的样子，脱掉鞋子，跟了上去。

大殿内相当昏暗，他们穿过回廊，向下走去，来到了大厅。

---

① 竹皮屐是日本草鞋的一种，常为男子穿着，形状为长方形，底部不太厚，因此轻便易穿。——译者注

地面上铺着一整面红色的毛毡，前方烛火摇曳。

石动跟着星慧，凑近一看，只见蜡烛立在木制的供桌上，烛上的微光隐约照出了边上的香炉和花瓶，但未能照亮更深处的须弥坛[①]，只可大致看出佛像的轮廓。

而这时，随着一声宛如惨叫的轻响，一道光射进了大殿内。石动循声望去，原来是石丸打开了木门，看来已经把伞收拾好，又重新回来了。

阳光透过薄薄的云层，斜斜地打在了须弥坛上。

坛上立着四尊佛像，星慧伸出手指，逐一指着它们，介绍道：

"左边的两尊胁侍[②]是大黑天，右边的一尊胁侍是白衣观音菩萨。"

左边那两尊木制佛像，一前一后叠在一起，每一具都是怒发冲冠，龇牙咧嘴，面目狰狞。它们的脖子上挂着骷髅项链，共有三头六臂，其中两手持剑，置于盘起的膝盖上，另有一手正提着一颗人头，手指狠狠攥着它的头发。

"这是大黑天……"

石动嘀咕着。它们是如此愤怒，和他印象中的"大黑天"实在大相径庭。

---

① 须弥坛就是安置佛像的台座。——译者注
② 侍立在本尊的两侧，目的是协助本尊降妖伏魔或教化众生。——译者注

"这才是大黑天的原貌。它其实是战神和降妖伏魔的愤怒之神，在梵语中被称为'摩诃迦罗'，就是'大黑'的意思。后来它传入日本，才逐渐演化成了背着大布袋的笑面福神，也是我们日本人所熟知的形象。"

星慧解释道。

而最右边的佛像和大黑天形成了鲜明的对比。它脸上带着平静的微笑，立于莲花座上，左手拿着莲花，右手自然垂下，掌心向外，整体给人以一种慈悲的感觉，倒是符合石动想象中的观音菩萨。

这三尊胁侍菩萨看起来都历史悠久，木材的表面布满了损伤。

而位于中央的本尊则损坏得更严重。

那是一尊黑色的佛像，盘坐于莲花座上，双脚脚心向上，正是所谓的"结跏趺坐"①。它有一头四手，其中靠前的两手在胸前合十，后右手持着锡杖，后左手握着莲花，两肩后部的位置分出两道光环，像极了一对翅膀，并在背后形成一个椭圆。

石动又抬头看向佛像面部，结果愣得直眨眼。

它满头都是圆锥状的小螺髻，还围着三层宝冠，冠上带有精雕细琢的饰品，刻着各种花纹，虽然远远看去难以辨认细节，不过应该不

---

① 结跏趺坐是各种佛像中最常见的一种坐法，即互交二足，将右脚背盘放于左腿上，左脚背盘放于右腿上，双足脚心朝上。佛教认为这种坐法最安稳，不容易疲劳，且身端心正，因此修行坐禅者也经常采取这种坐法。——译者注

是普通的化佛①宝冠。

而佛像的面部甚至比那顶宝冠更为奇妙。它既不似右边的白衣观音菩萨那般慈眉善目，又不似左边的大黑天菩萨那般满脸怒容。

它没有脸。

那不像是随着时间的流逝而自然腐化的，反倒像是有人通过斧子、柴刀等刀具蓄意剜走的。总之，佛面消失不见了，只剩一个大凹坑，黑黢黢的木料上还带着倒刺，毛毛刺刺的。

星慧凝视着黑色的无脸佛像，静静地说道：

"这是我们安兰寺供奉的主尊——黑智尔观世音菩萨。"

他的语声中传递着深厚的敬爱与庄重之意。

"这尊佛像……没有脸吗？"

"据说，它当初在海岸边被渔夫发现时，就已经是这样了。"

"可……到底是谁干的？为什么要削了佛像的脸？"

"恐怕是无礼之徒在'会昌毁佛'之时下的手。当时，有许多佛像都被如此对待，真是一场佛难啊……包括西域的磨崖石佛也没能幸免，实在太可怕了……"

星慧对着佛像双手合十，接着道，"但即使失去了面部，黑智尔观世音菩萨那珍贵的力量却不曾衰减。"

石动也一动不动地站在原地，凝视着那尊无脸的佛像，完全没有注意到身边的安东尼正眉头紧锁，面露不快……

---

① 化佛指的是宝冠中央雕刻的坐佛像。——译者注

第二章　朱虫

黑佛

智慧门难解难入唯佛所知是所以者何佛者门关钥护门者一切过去
现在未来佛内一也

智慧之门难解难入，唯有佛知晓。究其缘由，因为佛即是门，佛
即是钥，门为佛所守护，过去、现在、将来的一切皆于佛之中。

1

十月十八日，那川三号街"男性勒亡案"的调查工作取得了新
进展。

十七日晚，电视新闻节目播出了被害人的照片，今早各大晨报也
将它刊登了出来。由于入殓师为被害人化了妆，再加上图像处理软件
的修整，警方并不担心会被民众识破，但却不敢保证照片和被害人生
前的相似度有多高。

然而，就在临近中午时，有人报了警，说曾看到过和被害人很像
的人。

于是，中村警部补立刻带着搭档今田去早良区藤崎拜访目击者。

藤崎是位于福冈市西部的一处住宅区。藤崎地铁站的上一站就在

"学生街"——西新一带，而出站后即是一个巴士终点站，交通非常便利，因此站点周围建了好几栋高层公寓。

目击者在藤崎一号街经营着一家茶坊，名叫"银钥匙"，位于某栋杂居楼①的地下层。

中村和今田来到早良口的十字路口，找到那栋大楼，往地下走去。

楼梯相当狭窄，尽头处是一扇木门，门把手上挂着一串银钥匙，用以替代门铃。

中村拉开大门，钥匙串发出了清脆的声响，店中也传来了"欢迎光临"的迎客声。

一名男子留着考尔曼式②的小胡子，站在收银台后招呼着他们。

一盏盏带有彩色玻璃灯罩的吊灯从天花板上垂下，它们是店内仅有的照明设备，营造出了一种昏暗的氛围。今天是工作日，而且已经过了下午一点，所以眼下只有两三位客人。

中村事先打过电话，因此当他们自报身份时，店主并没有感到惊讶，只是对一位年轻姑娘（貌似是打工的店员）嘱咐了一句，便亲自带着中村和今田往靠里的桌位走去。

---

① 杂居楼是一种商住混合楼，各种生意人、住户都会使用该楼里的房间作为职场或者办公室。——译者注

② 考尔曼式的小胡子是贴着上唇的两撇小胡子，源自英国影星罗纳德·考尔曼。——译者注

待他们入座，方才那位姑娘就端来了两份饮品。

中村道了谢，随后端起杯子，准备品尝，但腾腾的热气中飘来了柑橘型的香气，让他不由得停下了手。

"我们店是专卖花草茶的。这是橘皮茶，不含咖啡因，有利于健康，也能使人放松。"

"小胡子"店主笑眯眯地解释道。

"哎呀，这茶可真香。"

今田已经喝了起来，这番感慨听上去是发自肺腑的，而非客套。

中村也试着喝了一口，觉得它虽香气扑鼻，却没有味道。连日来的调查工作令他的大脑疲惫不堪，为了提神醒脑，还是得靠含咖啡因的香浓黑咖啡。

他强忍着再来了一口，随即拿出被害人的照片，递给了店主。店主凝视着照片，犹带着几分疑惑道：

"嗯……其实我觉得自己应该没认错人。不过我看到他的时候，他戴了一副墨镜，所以也没法确定……"

"请问，您是什么时候、在哪里看到他的？"

中村问道。

"他来过我们店。具体日期我不记得了，反正差不多是两周前吧，当时他还带着一位女士。"

"女士？"

"是的，那位女士很年轻，目测才二十三四岁，人也漂亮，穿着名牌套装，那个项链坠子看起来就很贵。"

店主一边把照片还给中村，一边继续道，

"这么说可能不太厚道，可我认为他们确实不般配。那位先生……八成就是您照片上这位吧，他当时穿着旧夹克和牛仔裤，夹克还像是二手货，总之挺寒酸的。"

"他们两人之间的氛围如何？很亲密吗？"

"不，他们的表情很严肃，好像在谈正经事，而且也正好坐在靠里的桌位上，跟我们的位置差不多。"

店主指了指周围的一圈桌位，又补充说：

"至少那位先生相当严肃，身子往前倾，对女士说着什么。女士倒是有些冷淡和敷衍……"

"您听到了他们的对话吗？"

"我们不会刻意去偷听客人说话……不过在给他们送茶的时候，听到了一点……"

店主叹了一口气，开始阐述当时的情景：

"那位先生紧绷着嘴，声音小得几乎听不见，说：'你真的明白自己在做什么吗？你被骗了！'女士则面带微笑，平静地说：'我很清楚。我也没有受骗。'先生追问说：'那你为什么要做这种事？'女士回答说：'你才没弄明白呢。我现在非常幸福。从我出生到现在，还是第一次感受到幸福哦……'我听到的只有这些。"

中村抱起胳膊，在脑中反刍着这段神秘的对话，然后问道：

"店主，您还记得那位女士的长相吗？"

"她是个大美人，留短发，头发染成茶色。"

——但是，仅福冈市内就有无数这样的姑娘。

中村正感到难办，店主似乎想起了什么，答道：

"对了，项链！"

"项链？"

"嗯，她戴了一根金项链，坠子是一颗玛瑙珠。我从没见过那么大的黑玛瑙，到底值多少钱啊？珠子上还有用金丝镶的花纹，那金丝大概是纯金的。"

店主瞪大了眼睛，满脸惊讶。

"麻烦您形容一下那个花纹。"

"我也是头一回看到那样的花纹，像是某种奇怪的文字，可能是梵文。"

——佩戴着昂贵的黑玛瑙项坠的女性……

中村在心中默默嘀咕着。

询问完毕，他们才刚离店回到地面上，中村便问道：

"你小子喜欢花草茶？"

"喜欢啊，我在家常喝。"

"你居然喝得下那种东西！不过是黄颜色的热水而已，还叫什么'橘皮茶'，说白了就是白开水泡橘子皮吧？"

中村不停地抱怨着，今田倒是一脸淡然地回话道：

"中村哥，我也不太清楚那些配方，你有意见的话，刚刚应该直接跟店长提啊。"

"我怎么能对协助调查的市民说这种话呢？"

"唉，你老喝咖啡，伤胃。偶尔换点别的吧。"

"就你话多！"

中村终于生气地吼了起来，今田笑嘻嘻地看着他，随后又露出了认真的表情：

"话说回来，接下来该怎么办？"

"先去这附近打探一圈吧。一家都别漏，问出目击情报！"

"不知道有没有人见过被害人。"

"别忘了打听那位女士的情报。就问知不知道一位戴着黑玛瑙项坠、留着茶色短发的美女。如果她本人正好住在这一带，那当然是再理想不过了。还有，去金店找找黑玛瑙项坠。记得找珠子特别大，还镶着古怪花纹的那种。总之，我们好不容易才抓到一点线索，一定要干出点成绩来！"

中村凝视着今田的双眼，斩钉截铁地下达了命令。

2

石动先在阿久滨庄歇了一晚，第二天（即十月十八日）开始调查。

不出所料，阿久滨庄只有他和安东尼两位住客。他们住在一间日式客房，朝向中庭，而且与中庭之间只隔了一条走廊，估计是全旅馆最高级的客房。中庭也带有日式旅馆的风情，栽有松树和各类花草灌木，还摆着庭院石。

问题是，庭院似乎无人打理，杂草丛生，即使远远看去，都不会觉得景色优美。那股荒凉感在某种意义上令人感慨不已。

他们的客房足足有二十个榻榻米大小。由于石动好奇心旺盛，认真地测量了一遍，所以肯定没弄错。两个人住如此宽敞的房间，总让他觉得有些凄凉。要是旁边坐着妙龄美女倒也罢了，可结果只有助手做伴，让他更加伤感。

之前为他们安放行李的老婆婆身兼老板、经理、领班、服务员以及厨师数职，一个人包办了他们住宿期间的全部服务。她端上来的晚餐非常美味，有炖青花鱼、筑前煮①（老婆婆叫它"鳖煮"）、腌芥菜、味噌汤以及现煮的米饭。

"都是些乡下土菜。"

老婆婆难为情地说道。可是对经常在外吃饭的石动而言，比起豪华的"刺身船"，这种家常菜反而更为珍贵、难得。外加这里近海，新鲜的青花鱼相当美味。

这里的被褥也松松软软的，让他美美地睡了一个好觉，彻底褪去

---

① 筑前煮是福冈乡土料理，有鸡肉和蔬菜等食材，口味鲜美。相传以前都是用鳖入菜，后来才改成鸡肉，但当地人仍保留了"鳖煮"的称呼。——译者注

了旅途中的疲劳。第二天上午，他便斗志昂扬地出发前往安兰寺。

"这里是藏书库。"

星慧带着石动和安东尼，来到大殿边上的一栋木制建筑物前。建筑整体方方正正的，屋顶的四只角分别向上扬起。

石丸踏上楼梯，打开藏书库的木门。库内的书架摆了三面墙，架上收纳着无数文书，有和装本①、卷轴，还有用绳子随意装订的纸堆，就像笔记本似的。

光是看着它们，石动就感到一阵晕眩，心想着难道必须读完这些藏品吗？

他进入藏书库，只闻到一阵霉味。若是书痴，或许会觉得这气味清香扑鼻，可惜他偏巧不是这路人。

正前方的书架上方，装饰着一幅墨宝，墨色浓黑，写着"朱天下捕猛虎"②几个大字。

"'朱天之下，抓捕猛虎'的意思吗？"

石动试着念道，不过他对汉文典籍不熟，并不理解这句话的含义。

"哦，那是在比喻醉酒后的状态——某人大醉，做了一个荒唐的梦，梦见自己在红色的天空下抓捕猛虎。据说节选自一首诗。"

---

① 和装本指以日本传统方法印刷、制作和装帧的书籍。——译者注

② 出自华莱士·斯蒂文斯（Wallace Stevens）的诗作《十点钟的幻灭》（*Disillusionment of Ten O'clock*）。——译者注

星慧答道。

"好奇怪的诗。"

石动歪着头，似乎不太理解。这时，他突然想起了昨天偶遇的上鸟章造。那名初入老龄的男子醉倒在沙滩上时，会梦见自己击退了凶猛的大老虎吗？

"请随意阅览，中午我会让石丸准备餐饭，给二位送过来。"

说完，星慧便打算离开，中途又回头提醒道，"对了，今天是讲佛法的日子，大殿里可能会有些吵闹，还望包涵。"

"明白了。"

石动鞠躬行礼，星慧也点了点头，和石丸一起往大殿走去。

"朱天下捕猛虎。"

"啊？"

"就是写在那儿的句子。"

安东尼指着墙上的墨宝，继续说道，"日本人为什么会把中文读得奇声怪调的呢？直接用日语翻译成'于西南方位捕捉猛虎'不就好了？比半中半日的读音强多了。"

"汉字训读①是日本自古以来的传统嘛。"

石动反驳，安东尼却边笑边说：

---

① 训读是日语对汉字的一种读法，使用与该汉字有相同意义的日本本土固有词的读音，即只借用汉字的形和义，不采用汉字的读音。——译者注

"总之，日本在古时是中国的附属国，日本的和尚也想去中国修行，日本的学者也学习汉语，这么努力都是为了向更先进的国家求教。现在同样如此。比如日语，发展至今却依然沿用着大量的汉字，只是伪装成一门独立的语言罢了。说到底，还是汉字给人的感觉更酷，对吧？"

"你这个落伍的家伙！满脑子都是几千年前的老观念！"

石动被他的话激得悲愤不已，慷慨激昂，咬牙扼腕，口吐恶言。

"我只是说日语的读音完全不行，但平假名①看起来倒是不错，笔画里带着曲线，蛮性感的哦。我在中国的时候，一天到晚看汉字，已经腻了。"

"行了行了，老实待着。我得和这几座'书山'搏斗了，你别烦着我。"

石动把书架囫囵扫了一眼，叹了一口气。

架子上的书籍堆积如山，他搜寻了一会儿，总算找到了《安兰寺缘起》的卷轴，便将它展开，放在木地板上，看了起来：

网哲记安兰寺来事筑前国阿久滨有一渔师戊戌年六月十九日于沙滨一木框漂着其色黑玄坚牢也渔师破木框在中一木像……

_____

① 平假名是日语使用的一种表音文字，写法基本上都由汉字变形演化而来。——译者注

"我不太懂用汉字写的古文啊！居然还不加标点和注音！这种东西让人怎么读？"

石动都快哭了，转头看向安东尼，见他正盘腿坐着，无所事事，便开口道：

"喂，这个卷轴上写了什么？"

安东尼瞥了一眼，当场答道：

"不知道。"

"这不是汉语吗？"

"是汉语没错，可太古老了，又是日本人写的，人家是生在二十世纪的中国人，哪看得懂啊？要是有人给老大你看日本平安时代的文章，问你是什么意思，你也答不上来吧？"

"是是是，你别再说了。"

石动气呼呼地发泄着不满，这时却突然传来一阵轻微的声响。

他抬起头，看到人们从寺门走了进来，想起星慧方才说过今天是讲佛法的日子。

来人大约有二十名，正走在石板路上，往大殿赶去。这是他第一次看到成群结队的阿久滨居民，结果完全出乎意料。他本以为只有老年人乐意听佛法，想不到来的几乎都是年轻人，最多也就和他差不多年纪。其中有一张熟面孔，是上鸟瑠美子。

她穿着一身黑色正装，似乎发现石动就在藏书库里，于是面露微笑，向他微微点头致意。

人群进入了大殿。石动很是诧异，心想怎么连瑠美子都来了，章造却不在。通常来说，不都是上了年纪的父亲认为机会难得，希望参加这种活动，而年轻的女儿则嫌它过时，毫无兴趣吗？

算了，这也不关他的事。眼下，他要先和汉文"战斗"。其实他高中毕业后就没再碰过汉文，但他也只得重新紧盯着卷轴，拼命解读上面的内容。

钻研了将近一小时后，石动头昏脑涨，不过基本上没有收获。他现在明白的只有一件事——元庆二年是戊戌年，那只木箱在那一年的六月十九日漂到了沙滩上。

当然，那是旧历，若换算成公历，石动也不确定具体时日，但好在弄清了木箱的来历确实与传说一致，是从海上漂流到阿久滨的，多少也算是个慰藉。

然而，无论他如何逐字查找，卷轴通篇只有"木像"一词，始终未见"黑智尔观世音菩萨"。这让他有些在意。

安东尼靠在书架的柱子上，闭目养神，也可能是真的睡着了。石动透支着大脑中不常用的部分，已经疲惫不堪，便决定出去稍微走走，来调整一下状态。

他来到藏书库的入口处，穿上了先前脱下的运动鞋，这时，背后传来了安东尼的声音：

"别走得太远哦。"

他的语气就像是父母在提醒年幼的孩子。

"我就在这附近散散步，不会迷路的，放心吧。"

天色阴霾，层云蔽日，微风中夹杂着花梨果的香气，微微刺激着嗅觉，香甜的气息仿佛渗入了疲惫的大脑，令他感到舒适。

——这就是纯天然的芳疗①啊！

他不禁默默赞叹。

花梨树的果实圆鼓鼓、黄澄澄，挂满了枝头，让人想摘下一颗，用力啃下去，可惜这种果肉很硬，没法直接食用。

他一边在石板路上来回走动，一边愉快地欣赏着宁静的寺景。

不可思议的是，安兰寺居然没有钟楼——这么想来，自从他到达阿久滨起，确实连一次梵钟声都没听到过。石丸身材不高，但肌肉结实，应该很适合撞钟才是。

此外，石动还听说这里有墓地。

墓地一般都会建在大殿后方，于是他绕了过去，准备一探究竟。

佛法会似乎正进行得如火如荼，星慧那富有穿透力的声音从大堂中传了出来，语调并不像跟石动说话时那么温和，而是粗犷且中气十足：

---

① 芳疗即芳香疗法，使用带有芳香分子的精油、膏霜等，通过吸闻、按摩、涂抹、浸浴等方式，调理并改善人的身心状态。——译者注

"……等得又倦又怠，便是结束。末法之世已然开始，有珠山火山喷发，三宅岛火山喷发，暴雨袭向整个日本，鸟取县大地震，樱岛火山也喷发了……天地异象频出，到底意味着什么？意味着末日终将来临！那些信仰坚定，一心向'黑神大人'祈祷之人便能逃离这污浊的俗世，受邀前往西方净土吧。接下来，我将向大家传达佛祖可贵的箴言。"

语毕，站在须弥坛前的星慧扫视着坐在毛毡上的众人，高声朗诵道：

"大雄猛师尊，虽久远如灭。无量无数劫，灭渡又灭渡。来吧！大家一起对着'黑神大人'祈祷吧！"

说完，星慧回头对着须弥坛，合掌参拜黑智尔观世音菩萨像。

石动经过大殿侧边，对其中的景象感到不解——这安兰寺到底属于净土宗①还是日莲宗？

他在佛教方面的知识相当匮乏，但至少知道天台宗并不秉承末世论。它是镇国护国的教派，肯定会努力避免世界陷入灭亡。

除此之外，他还知道被星慧称作"黑神大人"的就是黑智尔观世音菩萨，"黑神"大概是"黑身"的谐音。确实，它的原名实在太长了，在讲佛法时提到，恐怕会卡壳，而听众们也肯定记不住。

大殿后方并没有墓地，只有一栋茅草屋似的屋子。木墙开始腐

---

① 净土宗源自中国，在唐朝随着最澄等留学僧人学成归国而被传入日本，而日莲宗则是日本独有的宗派。——译者注

朽，好几处都烂出了窟窿。

石动再一次纳闷，难道星慧和石丸就住在这种陋室？不，这大概是石丸一个人的住所，而星慧仪容整洁，不可能睡在脏兮兮的地方。他应该在阿久滨的镇子上另有房子。

佛法会似乎还在持续。石动在回藏书库的途中，远远地听到了星慧的声音：

"安宁与智慧……为每个人带去安宁与智慧……"

重新进入藏书库后，石动不再奢望能彻底读懂《安兰寺缘起》，便把它放回书架，从旁随意抽取了另一份卷轴，铺在木地板上，结果发现它其实是一卷水墨挂画，上面绘有一名年轻女子，还题了一首汉诗：

桐风惊心壮士苦，

衰灯络纬啼寒素。

谁看青间一编书，

不遣花虫粉空蠹。

思牵今夜肠应直，

雨冷香魂吊书客。

秋坟鬼唱鲍家诗，

恨血前年土中碧。

"怎么又是汉文啊！算了，反正你还是会说看不懂吧？"

石动大为苦恼，含恨看向安东尼。

安东尼瞥了一眼挂画，说道：

"不，这个我懂，但它是李贺的诗，和寻宝的暗号无关。"

"李贺？"

见石动不解，安东尼便伸出手指，在木地板上比画出了"李贺"二字。

"诗的作者叫'李贺'？"

"嗯。你看，这里写着'网哲 字'，看来这位网哲大师很喜欢这首诗呢，还亲笔抄写，品位可真不错。诗的名字叫作《秋来》，意思是'秋天来了'。"

"诗里写了些什么？"

石动问道，安东尼则直接以日语朗读了起来，宛如在放声歌唱：

"秋风吹起桐叶，惊动人心，壮士倍感艰辛。烛火即将熄灭，纺织娘①的虫鸣声催人编织寒衣。以后有谁会来品读我此刻写下的诗句呢？会好好保管它，让它免遭虫蛀吗？忧思涌上心头，愁得我肠子都直了。雨水冰冷，美丽的亡魂前来吊唁提笔作诗的我。秋时的坟地上，幽灵唱响一曲挽歌。哀怨渗入血液，历经千年，化作土中碧玉。"

"……这首诗真是这个意思？"

---

① 纺织娘是一种昆虫，其叫声与纺织声相似。——译者注

石动狐疑地问道。

"真的。李贺是世上第一位颓废主义象征派诗人，比魏尔伦和波德莱尔还要早一千年呢。"

"那么，画上的美女是'亡魂'？这首诗跟我印象里的汉诗很不一样啊。"

石动频频看向挂画，说出了自己的感想。

"你这是偏见哦。其实跳出既定的认知框架，把汉诗看作是'用汉语写的诗'才更恰当。毕竟读音和韵律可是诗歌的根本，只有用汉语来朗读，才可以体会到它们真正的价值。唉，日本人大概不明白吧，毕竟你们没有韵律、韵脚的概念。"

"日本有俳句！"

石动立刻大声答道。安东尼的"奚落"令他一反常态，爱国之心高涨。

"俳句只要音节符合'五-七-五'的规定就行了，不是吗？就诗歌而言，真的很幼稚。而中文诗能让人品味到轻重音与韵脚之美，俳句根本无法和它相提并论。"

安东尼装模作样地说道，石动不由得气得咬牙，准备开骂，这时，一个女人的声音传来：

"打扰一下……"

石动吓了一跳，回头看向门口。

只见穿着套装和浅口皮鞋的上鸟瑠美子正站在那里，手里端着一个托盘，向他们解释道：

"我是来送午饭和茶水的。"

她的托盘上的确放着饭团、茶壶和两只茶碗。石动意识到，现在也差不多是中午了。

"劳您特地跑一趟，不好意思。"

他对瑠美子道谢，她则放下托盘，把膝盖和手掌支在地上，没有脱鞋，直接探身凑近石动。

她的脸贴到了石动耳畔，小声问道：

"您在看什么呀？"

她那双红唇就近在咫尺，她的颈部戴着一根金色的项链，一颗硕大的黑色宝石挂在链子上，微微晃动着。

"这……我……我在看挂画，上面还写了一首诗，作者好像是世界上第一位颓废主义诗人。"

石动心跳加速，勉强答道。

"是吗？"

她那深红的双唇离石动更加近了，就像是美丽的亡魂前来吊唁……

石动一脸为难，跪在地上向后退去，安东尼冷不丁插话道：

"你怀孕几个月了？"

瑠美子直起了上半身，凝视着安东尼，表情一下子变得严肃起来。

"三个月了。"

"身体状态还好吗？"

"嗯，托福，我和孩子都好得很呢……"

瑠美子小声嘀咕着，并对石动微微一笑，说道：

"如果要添茶，请随时叫我。"

随后，她来到藏书库的走廊上，就这样离去了。

"哎哟，多亏你帮我解围！我真不知道该怎么应付那种场面！"

石动一边抚胸顺气，一边伸手拿过茶壶，又继续道，"对了，你竟然看出她怀孕了？"

"嗯，在给名侦探当助手的过程中，我的观察力也得到了锻炼。"

安东尼目不转睛地看向藏书库门外，他的目光像是在追寻着瑠美子的身影。

"你在讽刺我吗？我可一点都没看出来。"

"因为老大你看女人的眼光不行啊。"

安东尼面向石动，轻轻笑了。

3

根据中村在那家名叫"银钥匙"的花草茶坊收集到的证言，搜查总部于十月十九日开始在藤崎周边地带开展调查问话工作。

总部投入了大半的警力，寻找与被害人以及那名短发女子有关的目击情报。他们以"银钥匙"为起点，逐渐拓展搜索圈，挨家挨户地走访公寓内的每一户人家，还前往便利店和商店收集线索。

大约十五年前，中村成为一名便衣刑警，并被分配到地方警署的刑事犯罪科。科内的一位刑警前辈成了他从警生涯中的第一位搭档，并建议他：

"当刑警不是光靠动脑子，必须多看多听、四处跑动，亲自搜查。"

中村当时还年轻，听到这话，多少有些反感，但在被搭档带教、一起查案的过程中，他发现这名看起来穷酸的中年前辈其实是一名顽强执着、千锤百炼的好刑警。

打那时起，搭档的忠告便渗透到了中村的一言一行之中。总之，"行动起来"是非常重要的。"行动"先行，"智慧"和"洞察力"才有用武之地。那些口口声声嫌问话麻烦的人，绝对无法成为真正的刑警。

这即是他的信条。

于是，他带着今田，精力充沛地到处走访调查。

而另一方面，搜查总部也派人前往了金店和首饰店，寻找黑玛瑙吊坠的项链。可无论怎么打听，都没问到哪家店出售过那么大颗的黑玛瑙。如此看来，它应该不是品牌商品。

"我没见过这款项坠，很可能是定做的，但至少不是在我们店里下单的。"

某家金店的工作人员如是说道。

尽管调查工作并不顺利，可换一个角度来看，这也为他们带来了一线希望。

试想，它要是量产的饰品，警方就得把买家一个个排查过来，工作量简直让人眼前发黑；但假如它真的像那家金店所说，是一份定制的孤品，那么只要找到承制的店家，便立刻能弄清购买人是谁。

当然了，它未必是在福冈市内生产和销售的，所以搜查总部向各地的警署总署发去了协作请求，希望能帮他们一起寻找定做了那款黑玛瑙吊坠的人。

两天后（即十月二十一日），中村他们的辛劳付出总算得到了回报。

早良区的弥生二号街，有一栋叫作"维尔米斯藤崎"的高层公寓。它沿着金屑川而建，高达十层。中村和今田搭乘电梯来到最高层，准备从上往下挨家挨户地问话。

当他们问到一名住在八楼的年轻女子时，对方歪着头，站在玄关口反问道：

"戴着大颗黑玛瑙挂坠的姑娘？难道是瑠美子吗？她怎么了？"

她说着，还来回打量着这两名刑警。

中村和今田对视一眼，接着中村开口道：

"能麻烦您详细说说吗？"

他的声音因紧张而略显僵硬，连他自己都听出来了。

"行啊，二位先请进吧。"

女子敞开大门，爽快地说道。

中村特地看了看门口的姓名牌，见上面写着"谷口麻里子"，随后才进了屋。

麻里子领着他俩去了靠里的起居室，里面有一张大号的椭圆形玻璃桌，桌旁是白色的沙发，靠墙摆着一架电钢琴。他们在沙发上坐下，怎料中村习惯了警署里的便宜椅子，这沙发垫却过于柔软，反而让他坐得很不自在。

麻里子去厨房忙活了，今田环视着这间宽敞的起居室，小声问道：

"这月租得多少钱啊？"

"不知道。"

"估计要二十万日元了吧？也可能是把这套房子给单独买下来了。"

今田新婚，却住在狭窄的租赁房里，神色间满是羡慕。

"这位小姐看起来像独居啊，所以应该是租房吧。"

正说着，麻里子又出现了。她右手拿着一壶咖啡，左手食指勾着两只咖啡杯，回到了起居室，中村也及时闭上了嘴。

她蓄着长发，头发染成栗子色，束在脑后；脸蛋圆滚滚的，相当可爱；T恤和牛仔五分裤裹在身上，显出了丰满的身材，还光脚穿着一双女式的室内拖鞋。

她把咖啡杯摆在两人面前，随意地往杯中倒入咖啡。

"不好意思。"

中村一边道谢，一边担心又是一杯花草茶，结果幸好是黑咖啡。

今田被浓郁的黑咖啡呛了一口，中村暗自好笑，心想着你小子活该。

麻里子将咖啡壶放在桌上，随后找了张椅子坐下，一脸好奇地盯着中村。

中村先开了口，道：

"十月初的时候，应该有一位戴着黑玛瑙项坠的年轻姑娘来过藤崎一带，那个坠子很大。"

"哦，你说的就是瑠美子嘛。她那阵子来过我家，那颗玛瑙珠上还有金镶的花纹，看起来超贵的！"

麻里子从桌上拿起一盒骆驼牌香烟，抽出一根，用打火机点着了，抽了起来。

"请问是十月几号？"

"这个嘛……我记得是永井①拿下第九胜的那天……"

"啊？"

中村条件反射般地反问道，麻里子却吃了一惊，直接摁熄了还没抽完的烟，神色不善地打量着中村，说道：

"刑警先生，你不是福冈人？难道你是'巨人队'的球迷？要是你喜欢'巨人队'，那请立刻出去，好吗？"

---

① 永井智浩，日本职业棒球选手，曾效力于福冈大荣鹰队。——译者注

她的嘴角还带着笑意，想来是在开玩笑，不过眼神却是认真的。

中村心想，她大概在说福冈大荣鹰队的话题，于是便老实交代，说自己对棒球不甚了解。

"真不敢相信，居然有福冈人不懂棒球……"

麻里子小声嘀咕着，接着答道，"……反正就是永井获得第九胜，把大荣鹰队的取胜积分①变成1的那天啦……是几号来着……"

她看向了挂在墙上的挂历，回想着日期，终于得出了结论：

"是十月四日。"

中村也看了过去。那是一本纯白底的大挂历，凡是有鹰队比赛的日期下，都细细地标注着它的胜负情况、得分失分，以及胜利投手②等信息，着实惊人。其中，"二十一日"上用红笔标了一个大大的星号，还写有"职棒日本锦标赛！"的字样，字体圆乎乎的，充满跃动感。

见此光景，他很确定麻里子的衣柜里肯定挂着鹰队的队服，枕边也绝对放着球队吉祥物——"哈利鹰"的毛绒玩偶，说不定每天都得抱着那只玩偶入睡。

又或许，她在十月七日晚上跑去了博多运河城，和鹰队的其他

---

① 取胜积分是棒球术语，指联盟排名第一的球队再胜几场便能奠定联盟冠军的宝座，到赛季结束也不可能有其他队伍追上。比如魔术数字1就是再赢一场即可稳拿本赛季联盟冠军，即使其他队伍在剩下的比赛中全胜都无法后来居上。——译者注

② 胜利投手是指棒球比赛中获胜的球队中贡献最大的那名投球手。——译者注

球迷们一起在水里相互泼水嬉闹。没错，如今就算知道她不顾淑女形象，跳入那珂川凑热闹，中村也不会惊讶了……

他甘拜下风，提心吊胆地询问道：

"……请问，瑠美子小姐是个怎样的人呢？"

"你说上鸟瑠美子吧？她之前和我一起工作。"

"她是您的同事？"

"嗯，算是。"

"能把贵公司的名字告诉我吗？"

听他这么问，麻里子莞尔一笑，答道：

"是风俗店啦。店子开在中洲①，叫'黄印'，做异性按摩②的。"

她答得很爽快，丝毫不以为耻，这让中村略感惊讶。随后，她又说道：

"我给你张名片吧？"

中村郑重地拒绝了。虽说为了工作，收下风俗业从业者的名片也没问题，但他就是抱有一种抵触心理。至于对方工作的店址和电话，稍后再去调查即可。

"瑠美子小姐……是从那家店里辞职了？"

---

① 中洲为福冈县福冈市博多区的一个镇名，位于那珂川和博多川之间。——译者注

② 异性按摩是风俗店的一种类型，一般由女性技师向男客提供带有色情接触的服务。——译者注

他回到了正题。

"嗯，差不多半年前辞的。她说自己现在在老家。我觉得这条出路挺不错，她其实不太适合干那行，做得不情不愿的，应该是为了赚钱才勉强自己。"

麻里子又衔起了一根烟，接着说道，"早些年也就算了，这种服务态度放在现在可行不通，客人们都没法好好享受了。而我之所以做这份工作，有一半是出于兴趣。像我这样也不太正常吧？哈哈哈哈！"

她大声笑了起来，点着了烟。中村进一步打探道：

"您和她关系很亲密？"

"不，很普通。"

"但她不是在十月四日那天上您家来了吗？"

"她是来还钱的，差不多五万日元。虽然我之前跟她说过不急，随便几时还我都行……"

她吐着烟，抬头看向上方，自顾自说了下去，"不过，还钱大概只是个借口，她实际上是来炫耀的。看看她，一身名牌套装，光扫一眼就知道很贵，还戴着那么大的黑玛瑙项坠，说明她混得好着呢。我说她看起来很幸福，恭喜她，她就笑嘻嘻的，满脸高兴。那我当然会猜她是想找人炫耀呗。"

"瑠美子小姐带着男伴吗？"

"没有，她自己一个人来的。"

虽然麻里子否认了，但保险起见，中村仍向她展示了被害人的照片，结果她摇着头，表示自己不认识他，他也不是店里的客人。

既然如此，中村便换了个角度调查，问瑠美子的老家在哪。

而麻里子果然也不知道，只说似乎是很偏僻的乡下地方。可见她俩的确不是密友。

——幸亏眼下已经查出那个神秘的女人叫上鸟瑠美子，再查她的现住址就方便了。

中村一边盘算着，一边打算结束对话，一旁的今田却突然开口道：

"我能问您一个问题吗？"

他的表情相当严肃，中村不由期待他会提出怎样的疑问。

然而……

"职棒日本锦标赛今天总算要开打了，您觉得比赛结果会如何？"

中村真没想到他会问这个，惊讶得几乎要从沙发上滑下来！

"我们大荣鹰队四胜二败。"

麻里子即刻答道。

"真保守啊。"

"你还想要四连胜？四连胜可是大胜，觉得'大荣鹰'能在'巨人'手里拿到这种成绩的人，肯定不了解棒球。其实你也知道今年的'巨人'有多猛吧？高桥由、松井、清原、马丁内斯组成了重量级的进攻队伍呢！依我看啊，就算'大荣鹰'让负责中盘的选手都上场，开足马力，也绝对会打得难分胜负……"

"这个嘛……我认为鹰队总有办法能压制住'巨人'的进攻。"

"这就要看城岛君的表现了。他倒是成长了很多！"

"我最后还是没买到福冈巨蛋的票啊……"

"今年全靠电话订票嘛。说真的，我还找了几个跑腿的小哥去福冈巨蛋门口排队买票，都没买成，最后好歹花钱搞定了。虽然只弄到了第三、第四场的票啦。"

"好羡慕啊！"

他俩一来一去，聊棒球聊得热火朝天，中村则一脸呆然地看着他们，活像是遇见了外星人。

4

城岛打出了追击本垒打、松中打出了追平本垒打、聂贝斯打出了胜利本垒打，但石动全都没有看到。他甚至不曾注意到职棒日本锦标赛在东京巨蛋揭开了帷幕。

其实不仅职棒，他对所有的体育项目都毫无兴趣，再加上他已在福冈待了五天，调查工作却毫无进展，连与寻宝有关的线索或提示都没找到，所以实在没心思打开电视看比赛。

在接下委托时，他轻率地对大生部说，争取一周内解决问题，就算期间未能找到秘宝，也至少能拿出一份调查结果，比如某份文件里应该有秘宝的线索，又或者告诉他秘宝根本就是谎言，他被星慧大师骗了。

可事实证明，他太小看这份委托了，至今仍未找出任何可以向雇主汇报的内容。按照《安兰寺缘起》记载，一只木箱在元庆二年漂到了阿久滨似乎是事实，箱中装着木像和一些别的物品。而根据他的亲眼所见，黑智尔观世音菩萨的木像确实由当地人供奉在安兰寺大殿里，但其余物品则都没看到。

综上，可以推理出木箱中的所有物品都被藏在了安兰寺的某处。如果称之为"圆载的秘宝"，那也没什么问题。

当然了，单从他能够读懂的部分而言，文中只写了"木像"，而没有对它的外观进行描述。因此他无法断定《安兰寺缘起》中记载的木像就是安兰寺大殿里的黑智尔观世音菩萨像。

这样一来，一旦星慧骗人的假设得到证实，便能进一步怀疑黑智尔观世音菩萨像是假货，是为了欺骗大生部社长而提前做好的佛像。

只不过，在他看来，黑智尔观世音菩萨像似乎很有年代感，而它两旁的大黑天双身菩萨像和白衣观音菩萨像看起来像是新品。那么精致的假货，造价必然很高。星慧要是有这个钱，想必会先去修缮山门、重铺门顶才对。

由此可见，大殿里的那座黑智尔观世音菩萨像即是早已存在于安兰寺的本尊，亦是随木箱漂流到阿久滨的古董。正如《安兰寺缘起》中所写的那样。

但石动还是不敢打包票。

　　总之他每天都不得不解读自己不擅长的汉文，实在心烦不已。偶尔找到不是用汉文写就的书册，结果却好像是某代住持作为备忘录而写的日记，一手字歪七扭八，如蛆扭虫爬。它或许是某种风格的书法大作，不过他也无法判断就是了。

　　他的的确确是国文专业毕业的，可读过的都是些铅字印刷的古文。那些考上了研究生、真正致力于古典文学的学生还有可能，但像他这种只求一个学士学位的人，怎么可能去阅读古文典籍呢？

　　就这样，他的思考停滞了，调查迟迟没有进展，他本人亦少有地感到了束手无策。

　　十月二十二日是他们来到阿久滨的第六天，石动决定不去安兰寺，而是在旅馆睡个懒觉，下午散散步，舒缓一下情绪。若不让大脑休息一下，可想不出解决问题的妙计。

　　秋意渐浓，天气一天比一天阴冷。今天一大早，空中便飘着厚厚的云层。

　　保险起见，石动带了一把透明伞，从阿久滨庄出发。其实他压根儿不想靠近安兰寺，于是选择了去看海。

　　这个镇子安静异常。明明是周日，父母可以放孩子们出门去，由着他们吵吵闹闹、跑来跑去，而自己则待在家放松一下，把胳膊支在桌上，悠闲地看看电视。但事实上，路上连一个人影都没有。难道是因为"少子化"现象才这么冷清？不，这一带还有新建的2×4住宅①，想来应该不乏居民……

——算了，等上鸟瑠美子平安生下孩子之后，阿久滨怎么着也会新添一名婴儿。

石动如此想着。接着，他又回忆起了在安兰寺藏书库的那一幕，对自己有些恼火——年纪也不小了，遇上个女人还战战兢兢的，所以才这么没出息。难怪会被瑠美子那个性感妩媚的有夫之妇耍弄。

他走近了马路北端的混凝土围墙，海浪声越发响亮，甚至传入了石动耳中。这围墙虽是用于抵挡大浪的，可就算加上顶部的铁栅栏，高度也只到他的胸口处，可以说相当低矮。一圈被锈迹腐蚀的铁丝网缠在铁栅栏上，就像是盘在树枝上的蛇。

不过往里一看，就能发现围墙后还有一道陡峭的混凝土墙，墙脚下即是沙滩。

他把透明伞夹在腋下，走到铁栅栏边，望向玄界滩。

风势很小，玄界滩风平浪静，微微起伏的波涛只能涌到近海处，海面看起来就如同背上覆盖着深褐色鳞片的爬行动物。海上似乎还笼罩着一层薄雾，远处海岛的轮廓也显得模糊不清。

不，那不是海岛。右侧的应该是糸岛半岛，而对马岛和壹岐岛距离此处很远，压根儿看不见才对。至于左边那堆浮现在浪涛中的黑影，则八成是礁石。

———————————

① 2x4住宅就是在建造时，采用了2英寸x4英寸的四棱木材的住宅。——译者注

石动将视线移向岸边。

浪尖带着白色的水沫，冲刷着沙滩，一波接着一波，一浪跟着一浪。黑紫色的海藻被浪花打到了沙滩上，几只鸟儿聚拢过来，啄食着这道"美味佳肴"。这可是它们重要的矿物质来源。

一个头发花白的男人低垂着头，坐在沙滩上。

他穿着皱皱巴巴的工作夹克和长筒胶靴，定睛一看，正是上鸟章造。

石动沿着铁栅栏旁边的混凝土楼梯下行，一径往章造身边走去。

"上鸟老先生！"

沙滩很难走，石动边前行，边呼喊着对方，章造似乎吓了一跳，双肩一颤，猛地抬起头来。

他看样子已经喝了很多酒，双颊通红，散发着一股酒臭味，身旁还放有一瓶开了盖的角瓶威士忌[1]。

他似乎不知道是谁在向自己搭话，便睁开了充血的双眼，死死地瞪了回去。

"您好，我们之前在路上见过一面，我叫石动戏作，是从东京来办事的。"

---

[1]　角瓶威士忌是日本一家老牌饮品企业——三得利所生产的，也是日本第一款国产的调和威士忌，四角形的瓶子和瓶身上的龟甲纹理是其外形上的特色。——译者注

"哦……东京来的啊……"

章造安心地叹了一声，取过手边的威士忌，直接就着瓶口喝了一口。

"我能坐您边上吗？"

石动的语气就像在电影院里找座位时一样，章造抬头瞪了他一眼，答道：

"随你便，这又不是俺家的地儿。"

"那我就打扰了。"

说着，他便坐在了微湿的沙滩上，接着说：

"您这一大早的，就挺愉快的呀。"

"愉快个屁。"

章造歪嘴一笑，仰头就又是一口酒。

"可是，您好像喝了不少啊。还是适可而止吧，就像星慧大师说的那样。"

"泥、泥小子跑这旮来，是准备教育俺？"

章造凑近了，盯着石动的脸，喷着满嘴的酒气，仿佛是在逼问他。

"不，我没有这种想法。"

石动皱着鼻子，急急忙忙地解释道，但章造根本不听，还在继续：

"行啊，那俺也来教育教育泥！泥从东京来这种破地儿干什么？这儿都烂透了，泥、泥还每天去那个妖怪庙子，泥傻蛋吗？"

章造带着浓重的博多口音，而且醉得口齿不清，石动差点儿就听不懂他在说什么了。不过他听出了对方在批判他前往安兰寺一事。

"安兰寺是这一带的菩提寺①吧？虽然我没在那里找到墓地，可镇子上有好多人都去听星慧大师讲佛法了呢。"

"什么菩提寺！就是个妖怪庙子！老早就传说那儿有妖怪了，俺以为那是、是吹牛，星慧来了之后，就成真了！"

"……呃，您说'星慧大师来了之后'？莫非他不是当地人？"

"他是一年前来的，俺也不晓得他哪儿人，反正突然就出现在那妖怪庙子里了。都怪他，俺们阿久滨才烂了啊！镇子也烂了，人也烂了，瑠美子也烂了，俺也烂了……"

章造的眼眶里涌出了泪水，但石动完全听不懂他在说什么，所以也无法同情他。

继古文汉文之后，又来了语焉不详的话，这让石动不由在心中暗骂，希望上天给他派一个翻译！

章造怜悯地注视着石动，喃喃道：

"泥……不相信俺的话吧？算了，连俺自己也不信……但是啊，俺说的真的是实话啊……"

说完，他的脑袋猛地垂了下去，似乎是醉迷糊了。

石动觉得，不能把一个醉倒的老人扔在这里不管，便用肩膀架住他，准备送他回家去，并且把剩下的威士忌倒入海里，硬将空瓶塞入

---

① 日本佛教中，菩提寺指为了安置历代祖先牌位、祈其冥福而建立的寺院。——译者注

了上衣口袋中。

他一边架着步履蹒跚的章造，一边打心底里同情瑠美子。

在沙滩上负重行走固然举步维艰，而即使回到了平坦的柏油路上，带着腿脚使不上力的老人前行也是异常困难的。但她大概每天都要承受这份艰辛。

他出声提醒章造不要睡着，同时往平地上走，却发现上鸟家的门前停着一辆陌生的轿车。

他很不解，心想这到底是谁的车……

5

中村回到县警署搜查总部，展开调查，明确了上鸟瑠美子现已回到她出生的故乡——糸岛郡二丈镇的阿久滨一带，和父亲章造两人一起生活。

尽管麻里子说瑠美子的老家是"很偏僻的乡下地方"，可实际上，阿久滨就在福冈市以西的邻近处，国道202号和西九州机动车道都途经那里，还有直连JR筑肥线的地铁机场线，近年来甚至作为福冈市郊的住宅区域而得到了重点开发，实在算不上有多"偏僻"。

在得到麻里子证词的第二天（即十月二十二日）午后，中村和今田出发前往阿久滨，准备找上鸟瑠美子谈谈。

中村坐在副驾驶席上，由今田负责开车。车子沿着国道202号西行，穿过糸岛半岛脚下，进入二丈镇，看到了右侧的那片灰色海洋。

国道暂时偏离了大海，但很快又靠近了，再过不久便能抵达阿久滨。

他们依靠路标和地图认路，在一个有加油站的十字路口往右拐，进入了阿久滨的道路，开始按查到的地址找房子，最后发现了一栋崭新的独栋住宅。

这是一栋钢筋结构的平顶房，占地面积颇大，从窗户的数量来看，应该有五六间房间。即是说，内部是4LDK或5LDK①的布局。

窗户是西洋风格的凸窗，哑光的窗格呈十字形，玻璃相当厚实，窗帘是深红色的，布料质地厚重，外墙则是纯白色的，没有任何损伤的痕迹。

"应该是这里吧？门牌上写着'上鸟'呢。"

今田直截了当地表示着自己的怀疑，在驾驶席上指着门柱说道。

确实，这样的房子若只有父女二人生活，也实在是太奢侈了。难怪他一时之间不敢相信。

"好，我们去看看吧。"

中村说着，便下了车，今田也跟在后边。

路上没有一个人影，笔直的大路通往海边，可以一眼望到头。阴

---

① LDK是户型配置的简称，L指客厅（living room），D指饭厅（dining room），K指厨房（kitchen），4LDK即指四室一客厅一厨房一饭厅。——译者注

沉的天空笼罩着整个阿久滨，使他们有一种误入废城的错觉。

上鸟家的门牌是用大理石雕刻而成的。他们经过粗壮且粗糙的门柱，来到玄关前。只见面前有一扇硕大的门扉，没有安装门铃，只有古色古香的叩门环。

中村叩响了叩门环，屋内传来了"请问是哪位"的应门声，门也同时被打开了。

开门的是一位年轻的美女，一头短发染成浅茶色，发梢修剪得整整齐齐。

"您是上鸟瑠美子小姐吗？"

中村问道。

女子点了点头。

根据事前调查，瑠美子应该二十四岁。她大概近视，所以双眼总像是在盯着远处，肤色也白得近乎透明，样貌确实漂亮，但带着几分红颜薄命的感觉。

因此，比起对职业满不在乎的麻里子，瑠美子更符合中村对"风俗小姐"的笼统印象。他认为她们并非真心热爱那种生意，只是不得已才会去特殊行业工作，而这也或许是她干不下去的理由。

她穿着一件苔绿色的毛衣和一条黑色的裤子，中村往她的胸前偷偷瞥了一眼，发现并没有佩戴项链。

"请问您是哪位？"

瑠美子再次询问中村的身份。

"我是福冈县县警署搜查一科的中村，这位是我的同事今田。"

中村亮出了警官证，瑠美子只是瞥了一眼，看不出有任何动摇之意。

"二位找我，是有什么事吗？"

"有点事想请教您……能占用您一点时间吗？"

"没关系，您说。"

瑠美子露出了淡淡的微笑，但并没有请二人进门的意思。

于是，中村和今田便站在门口开始问话：

"您可能已经知道了，十月十三日，福冈市南区有一名叫作'榊原隆一'的男子被杀害了。您对这个名字有印象吗？"

"没有。"

瑠美子当即答道。即使中村拿出了"榊原"的照片，她也依然摇头否认。

"我们得到了目击情报，说十月四日那天，您和一名疑似是被害人的男子在福冈市早良区藤崎一带的茶坊见面。"

"十月初我确实去过藤崎，不过不记得具体日期了，而且应该没去过茶坊。"

"那么，您为什么会去藤崎？方便的话，还请告知。"

"去见一个认识的人。因为很久没去福冈了，就想借助这次机会跟对方打个招呼，问候一下。"

随后，她报出了麻里子的姓名。

到此为止，她所言非虚。至于还钱一事，可能是在乎面子才不提的。这也可以理解。

然而，她为什么不交代自己的茶坊之行呢？

中村追问道：

"您真的没有去茶坊吗？目击者说看到了和您非常相似的女性。"

"福冈市有很多跟我差不多的女孩子吧？目击者看到的人是哪里和我像？"

她试探道。

"发型和长相。"

中村故意隐去了项坠的情报，打算把它留到最后。他不能主动亮出手里的王牌。

"这说法也太不可靠了。"

她嗤嗤地笑了起来。

"不好意思……您十月十三日晚上在哪里呢？"

"哎哟，您怀疑我是凶手？"

"不，这只是程序上的提问，我们对每个人都会问这个问题。"

"不用辩解啦，直说就是了……我想想……"

瑠美子抬头看向玄关的天花板，仿佛在认真回忆。白色的天花板上镶着黑色的格子装饰。

"记不清了，但我晚上一般都在家，所以那天八成也不例外。当时家里只有我父亲在，当不了不在场证人。"

这时，她突然扬声道：

"石动先生，这是怎么了？"

"哦，我在海边看到章造老爷子喝多了……"

一个声音在背后响起，把中村吓了一跳。他赶忙回头，只见一个穿着红毛衣、黑上衣和牛仔裤的男人正架着一名初入老龄的男性，经过门柱，向门口走来。这个被瑠美子称作"石动"的男人平日里大概缺乏运动，此刻气喘吁吁的，戴着黑框眼镜的脸上也泛着红潮。

搭在石动身上的估计就是瑠美子的父亲上鸟章造。他耷拉着脑袋，只看得到那头花白的头发，瞧不见脸，但似乎醉得厉害。他脚上穿着一双长筒胶靴，步履拖拖拉拉的，走得十分勉强。

"抱歉。"

瑠美子向中村和今田打了声招呼，便走到石动身边，和他一起架着章造，往家中走去。

章造就当着中村的面，毫无形象地瘫倒在地，不过很快又颤颤巍巍地站了起来，手扶墙壁，摇摇晃晃地往走廊深处走去。

瑠美子并没有去搀他一把，只是用看似有些冷淡的眼神目送着他的背影。

"章造老爷子没事吧？都醉成这样了，还说了些让人费解的话……"

石动看起来颇为担心。

"没事，家常便饭了。倒是麻烦您特地把他送回来，真不好意思……进来喝杯茶吧？刑警先生们正在问我话呢，估计很快就能说完了。"

瑠美子回头，对他莞尔一笑。

"这两位是刑警？原来停在前面的那辆是伪装成普通车辆的警用车啊。"

石动饶有兴趣地盯着中村和今田，这让中村板起了脸，心想真是个没礼貌的家伙。

"请进屋坐。"

瑠美子又说了一次，石动却用力摇摇头，道：

"不了，我还有事要调查……这个给您。"

他一边婉拒，一边从鼓鼓囊囊的上衣口袋里掏出了一只威士忌的空酒瓶，递给了瑠美子，又补充道，"章造老爷子可没把一整瓶都喝了，剩下的是被我倒进海里去了哦。"

"谢谢您，可不管倒掉多少瓶，他都会去买新的。"

瑠美子把空酒瓶放到鞋柜上，扬起半边嘴角，姑且算是微笑了一下。

石动对着瑠美子和中村他们轻轻点了点头，快步离开了。

"……我父亲就是那个醉样。哪怕他不是我的血亲，不需要避嫌，也没法替我做证。"

瑠美子说道。

中村突然意识到这句话是说给自己听的，赶忙转头看向她，问道：

"方才那位戴眼镜的是？"

"是石动先生，听说是从东京来调查安兰寺的。"

"安兰寺？"

"是一间寺庙。您看，穿过道口，前面有座山对吧？安兰寺就在山腰上。"

"调查寺庙吗？"

中村猜测，石动十有八九是某所大学的人员，来这里做学术调查。这么一想，石动的穿着打扮确实像一个长年升不了职的助手，总是在努力地做着朴素且毫不起眼的实地考察工作。

"二位还有什么要问的？"

瑠美子略带嘲讽地问道。

"不，都问完了。感谢您的配合。"

中村向她鞠了一躬。其实他还想问问章造，不过看对方的状态就知道问不成了。

今田把车开进了四角形的小加油站，为回程加上足够的汽油。长时间的驾驶似乎令他倍感疲乏，也正好趁机休息片刻。

海风吹了过来，夹杂着微咸的气息。一名穿着黑色皮夹克的光头青年站在阿久滨站的出口附近，整个人一动不动，气质风貌和无人

黑佛

车站①格格不入。中村心生疑惑，心想莫非是摇滚乐队的成员回老家来了？

道路尽头是一座山，山上的绿叶才刚开始泛红。前方有一个背影，步履轻快地走在路上。中村发现对方正是刚刚才打过照面的"万年助手"先生。看来他是准备去调查那座乡下寺庙，真是辛苦。

中村靠着车子，喝着罐装咖啡，一边眺望着风景，一边想着不妨听听部下的意见，便开口问道：

"今田啊——"

"怎么了，中村哥？"

今田正在国道的边沿处抽烟解乏，闻言便将烟头一扔，回到了中村身边。其实他很细心，是为了避免在加油站亮出明火，才特地跑去那里抽烟。

"找我有什么事吗？"

"你先去把烟头捡起来。"

中村严肃地命令道。

"啊，抱歉。"

今田挠了挠头，回到国道上，捡了烟头，再将它塞进了车载烟灰缸。

"我们身为警察，怎么能不守公德呢？甚至应该把别人扔的烟头也捡了。"

中村还在喋喋不休，今田就挠着头，反问道：

---

① 无人车站指没有任何站务人员驻守的车站。——译者注

116

"要不我这就回阿久滨当保洁志愿者？话说回来，找我是要说什么呀？"

"哦……对了，你觉得上鸟瑠美子有本事勒死被害人吗？"

听到中村的问题，今田抱着胳膊，陷入了思考之中：

"倒也不是不可能……如果她和被害人关系亲密，或许可以趁他不备，从背后用绳子套住他的脖子……"

"但是，被害人会抵抗吧？男人的力气比女人大多了，真动起手来搞不好能把那个破公寓房给拆了，所以肯定会留下痕迹。"

"最近女人也很强哦。"

今田露出了苦笑，大概是想起了自己的新婚妻子。

"那照你的标准来说，上鸟瑠美子怎么样？"

"……唉，果然还是不行。她胳膊也太细了。"

"确实，不过她怎么看都有古怪。你也这么认为吧？"

"嗯。"

"就算她不是正犯，也和这桩案子脱不了关系。"

中村把空咖啡罐放入车里，接着道：

"我有个疑问——做异性按摩能挣这么多钱吗？"

"住得起藤崎的高级公寓，月收入估计是我们这些穷警察的十倍。"

"可是，也不够在这一带建一栋气派的独栋住宅啊。更何况她都辞职半年了。"

"……我明白中村哥的意思了。你想不通她是怎么还贷款的，对吗？她父亲看着收入也不高。"

"这就要问房产公司了。联系总部，调查她的住房。"

中村一声令下，今田当即坐到驾驶席上，打开了无线通信设备。

6

把章造送回家后，石动准备回阿久滨庄，这时看到有电车驶入了阿久滨站。

电车到站并不稀奇，不过这辆银色配红色的筑肥线电车每天要经停八十次以上，这里真不像是那种一天来不了几班车的偏僻地方。

而且，居然还有人从车上下来，这确实罕见。石动在阿久滨待了将近一周，还是第一次见到站台上有人。

他默默感叹，原来真有这种狂人，会在独自旅行的途中异想天开，挑了鸟不拉屎的阿久滨下车。这让他产生了兴趣，于是打算走去车站看看。

按石动的计划，若对方是好奇心旺盛的旅人，打算来安兰寺参观学习，那么自己就跟在他后面；若是来看玄界滩的，或者说，若是来阿久滨庄住宿的（尽管不太可能），自己则可以在与他擦身而过的时候打个招呼，带着他前往海边或旅馆。

他打定主意，迈开步子，那位旅人却始终站在车站口，看起来既不打算朝北走，也不准备向南行。可即使不明白如何使用无人车站的检票机，也不必琢磨这么久。因此，此人或许是在犹豫该往哪走。

石动无奈，只能一边往车站走，一边用余光偷瞥对方。当他看清那位旅人的身形之后，兴趣便越发浓厚。

那人是个二十几岁的男性，随身只带着一只白色的运动包，穿着黑色的皮衣皮裤，皮衣下有一件黑色的无袖衫，胸前垂着一根银项链。无袖衫和裤子都是紧身款，将他那细瘦但精悍的体格凸显得清清楚楚。

而最吸引石动注意的，还是他的样貌。

他的光头像是用剃刀仔细剃过，泛着隐隐的青光，而皮肤却光洁白皙，五官也生得端正，两道细眉微微上扬，双目凝视着远山，鼻梁直挺，紧抿的双唇透出了坚毅的决心，双颊消瘦，下颚尖细，而且滑溜得像女人一样，不知是胡子极少的体质，还是同样用剃刀精心刮除过。

——不对，说不定人家根本就是女的！

石动转换了思路。毕竟这世界上也有剃光头的女性。

他将视线下移，发现对方的胸口一马平川，没有丝毫起伏，看来还是男性的可能性更大。

兴趣使然，他观察得更起劲了，目光堪称露骨，而对方似乎完全没有察觉，一味地凝视着远山，像是被某些事物夺走了注意力，眼神认真得骇人。

石动终于走到了道口。

在车站前转身返回就太丢人了，所以他决定继续往前走，找一条小路躲进去，过一会儿再折回来。

不过，就在石动经过车站的时候，发现星慧正站在安兰寺的参道入口处（即前方柏油路与山路交接的地方），和平时一样穿着黑色法衣和轮袈裟，双眼紧盯着自己。

他今天偷懒，没有好好在安兰寺调查典籍，因此一看到星慧便想往后缩，但这时拐进小路就像是刻意逃跑，实在过于尴尬，于是只能硬着头皮继续往安兰寺的参道上走。

可走着走着，他发现星慧面带微笑，却并不是在看他，而是注视着他的身后，目标想必是那个年轻的旅人。

因为对方的着装，石动下意识地以为他的光头是一种时尚造型，可说不定他其实和星慧一样都是和尚。然而，旅行中的修行僧会穿着一身皮衣去拜访寺庙吗？

即使石动越走越近，星慧的眼里也依然只有那名旅人，毫不在意他人，甚至像是没意识到石动都快到他面前了。

但就在石动打算省略行礼问候，直接从星慧身边走过时，对方却小声说道：

"山法师来了啊。"

——咦？

石动不禁停住了脚步，而星慧不再开口，转身就沿着山道，大步往回走。

经过这么一出，石动不知为何就没心思去安兰寺了，决定打道回府。

途中，他发现阿久滨站前的旅人已然不见。

他回到了阿久滨庄。破烂的纸拉门上糊着报纸，权当是修补；而一进门，他便看到鞋架上有一双陌生的运动鞋。

"客人您好，有一位新客人来住宿了……虽然很不好意思，但分头给每个房间送餐实在太费力了，所以您能和他在一起吃晚饭吗？"

上了年纪的老板娘从日式的客厅里探出头来，语带歉意地说着。

"是位什么样的客人？"

石动问了一句。

"他说自己是一名僧人。"

老板娘答道。

7

俗话说，上菜的量越大，同吃的人越多，饭菜就越可口，尤其是火锅。

黑佛

当天的晚餐是水炊锅①，切块的鸡肉被煮得软嫩无比，一抿脱骨，还有拌菠菜、乌贼拌鲜辣明太子②，以及每天都会奉上的腌芥菜（应该是阿久滨庄常备的腌菜之一）。丰富的菜品紧紧地挤在小小的桌面上，大概是因为久违地（或开业以来首次）迎来了这么"多"位客人，老婆婆决定"露一手"，菜量大得连三个大男人都吃不完。

那名年轻的僧人自称"梦求"，全程都默默地动筷吃饭。石动见状，便努力摆出亲切的样子，问道：

"梦求师父，请问您为什么来阿久滨？"

"我要做一些调查。"

他只回答了这么一句，并不打算详述，看来他也对和石动他们同席用餐感到不满。

石动还在寻找对话的机会，这时，他突然想起了星慧的话，便打听了起来：

"莫非您是从比睿山来的？"

闻言，梦求总算放下了筷子，直面着石动，沉声反问道：

"……您为什么这么想？"

---

① 水炊锅，是福冈的代表性乡土料理之一，用鸡皮、鸡肉、鸡骨熬制出香浓白浊的汤底，再加入蔬菜，风味醇厚鲜美。——译者注
② 明太子即腌制过的明太鱼籽，色泽红亮，口味咸、鲜、辣，是日本人常吃的一种食材，在福冈尤其盛产，并广受欢迎。——译者注

"哦，因为我刚才听到星慧大师说您是'山法师'……那不是比睿山的僧兵吗？《平家物语》①里还有一句名句呢——'除了贺茂川的河水、骰子的点数以及比睿山延历寺的僧兵们，普天之下就没有白河法皇②掌控不了的人、事、物。'"

石动笑嘻嘻的，从头到脚打量着梦求的服饰，接着说道，"不过，您不像弁庆③那样带着长刀，也不戴白色的蒙面布呢。"

现在这个季节，入夜后便甚是寒凉。梦求却没有穿白天的那件皮衣，身上光剩那件黑色的无袖衫。他的上臂很细，但是肌肉结实精壮，一看就经过了千锤百炼。

"那不叫蒙面布，叫'裹头巾'。"

梦求冷冷地答道。

"可您这个坠子……"

石动指向梦求的胸口，那里正挂着一枚两头尖尖的青铜色挂坠。

他继续猜测道：

"这个形状是模仿了密教法器吧？叫什么'金刚杵'的……比睿山最近在卖这种纪念品吗？"

---

① 《平家物语》是日本的一部古典长篇小说，成书于13世纪初，主要讲以平清盛为首的平氏家族的故事。——译者注

② 在日本，退位的天皇称上皇，上皇出家称法皇。白河法皇退位前为日本第72代天皇。——译者注

③ 弁庆是平安时代末期的僧兵，辅佐源义经的家臣，为武士道精神的传统代表人物之一。——译者注

"您的观察力很敏锐。"

梦求似乎不再打算隐瞒，索性承认了，"我的确是从比睿山来的，但不是僧兵。再说了，这年头哪还有僧兵。"

"这倒也是。马上就要进入二十一世纪了，如果京都再发生暴乱，那可真受不了。所以，星慧大师是在开玩笑吧？"

石动嗤嗤地笑了。

"星慧大师是哪位？"

"就是安兰寺的住持。"

"您之前是要去安兰寺？去那里做什么？"

梦求仿佛是在逼问。

"我要做一些调查。"

石动把梦求方才的回答原封不动地还给了他，随后微笑着答道，"我收到一份委托，得去调查安兰寺的藏书库。这事和您还真有点关系。听说安兰寺里藏着圆载的秘宝。您知道圆载吗？"

"当然，我很清楚他的事迹。"

"我对他一无所知，幸好星慧大师把概况告诉我了。那位圆载大师好像很不幸……梦求师父，您也准备找圆载的秘宝吗？连堂堂比睿山都派人过来了，看来秘宝并不是谣传啊。"

听了石动的话，梦求暂且闭上了眼，陷入了沉思。

片刻过后，他又睁开眼，坦白道：

"我确实是来找东西的。然而我不知道那是不是圆载的秘宝。星慧是怎么解释所谓'秘宝'的？"

梦求明明不认识星慧，却把尊称都省去了，直呼其法号。这让石动有些在意，可还是实话实说道：

"他说得也不怎么详细，反正就是很贵重的东西。"

听到这番回答，梦求沉默了一会儿，然后似乎下定了决心，道：

"我找的是一部经典。"

"经书？"

"嗯。石动先生，您多次出入安兰寺的藏书库，留意过经书吗？"

"经书的话……其实我的目的是寻宝，因此一直在查询史料，而且都是用汉文写的，看得我头疼死了……"

他满脸疲惫地说着，可又立刻问道，"您找的是什么经书？"

"《妙法虫声经》[①]。"

"汉字怎么写？"

石动傻乎乎地问道。

于是，梦求向他说明了一番，而他仍觉得这个名字非常奇怪。

"我从没听说过这本经……到底写了什么？"

"我也没见过实物，相传它记载了'朱诛朱诛'的相关内容。"

"怎么净是些稀奇古怪的名字！"

石动苦笑道。

---

①　《妙法虫声经》是该小说作者虚构的经典。——译者注

梦求问安东尼借了圆珠笔，在装筷子的长条形纸袋背后写下了"朱诛朱诛"四个字。

石动拿过纸袋，一边看着上面的字，一边歪着脑袋，面露疑色，道：

"我认识这几个字，可还是不明白意思。"

"这是一种地狱里的虫子。"

梦求挺直了脊背，开始讲解，"根据《正法念处经》①，合大地狱共有十六处，其中第八处便是朱诛朱诛处，犯下杀人、盗窃、兽交等罪行之人会堕落至此。恶虫'朱诛朱诛'盘踞其中，多达无数，吃恶人的肉，饮恶人的血，吸恶人的骨髓，咬恶人的内脏，给予恶人永无止境的痛苦。"

石动听得背后发麻，感叹道：

"我绝对不想去那种鬼地方……宗教经典为什么总会描绘出如此恐怖的地狱场景呢？哪怕是便于规劝世人不要犯罪，也有点过激了吧？首先，无论是哪个宗教，对天国、极乐世界、西方净土等'好地方'的描写，都远不如地狱那般逼真啊。"

"因为地狱是切实存在的。"

梦求给出了简单明了的答案。石动觉得，对方不愧是一名僧人。

"可为什么要起'朱诛朱诛'这种怪名字呢？"

石动又提出了下一个问题。而这次，梦求还没来得及回答，安东

---

① 《正法念处经》收在《大正藏》第十七册，全经涵盖地狱、饿鬼、畜生、诸天等界，重点为三界六道的因果及出家人之修行。——译者注

尼就在边上盯着那只筷子袋，呢喃道：

"zhū zhū zhū zhū。"

石动听不懂，不由转头看向他，问他在嘀咕什么。

安东尼示意石动去看筷子袋的背面，并解说道：

"是这里写的字啦。那种虫子叫作'zhū zhū zhū zhū'。"

"这是它的中文读音？我总觉得更加云里雾里了。"

"那是在模拟虫鸣声。"

安东尼的声音还是很轻、很小。梦求则深深地点了点头，迅速瞟了他一眼，接过了话头：

"正如您所说。而事实上，与其称呼它为'恶虫'，更该叫它'恶龙'，别名'朱诛楼''朱诛龙'等。"

闻言，石动露出了了然的表情，道：

"原来如此，所以《妙法虫声经》就是这么得名的，对吧？意思是'关于虫鸣声的经书'，里面记载了有着奇怪名称的地狱之虫……既然您说没见过实物，那么它必定非常珍贵吧？如果您找到了，会怎么做呢？把它带回比睿山，装饰在玻璃柜里吗？"

"我准备烧了它。"

梦求干脆地答道。

"烧了？为什么？！"

石动大吃一惊。

"因为它不该存在于这个世界上。"

"照这么说，它属于伪经伪典？但即使是后人伪造的典籍，它也经历了成百上千年，足以成为贵重的历史资料了。从宗教的角度上来看，我的话可能很失礼，不过僧人若是为了争夺势力而烧毁史料，真的很可惜啊。"

石动表达着自己的想法，梦求却保持沉默，仿佛充耳不闻。

这位年轻的僧人很固执，真是人不可貌相。而且他看起来会绝对服从于天台宗的命令。

石动叹了一口气。

"好吧。我明天会去安兰寺的藏书库，要是发现那里有《妙法虫声经》，就告诉您。只不过，就算您找星慧大师商量，说要把它烧了扔掉，他估计也不答应。因此容我提前拒绝——我是不会帮您把经书偷带出来的。若您打算亲自去偷书，那么请等我离开这里再说。"

接着，他又急忙补上了一句，"当然了，您可以放心，我肯定对星慧大师保密。比睿山也不会突然被他投诉。"

"您告诉他也无妨。星慧心里肯定已经有数了。"

梦求露出了沉静的微笑。

8

（孩子登台。）

孩子：

我既非开场，亦非终结。所以，请在场诸位唤我为"序章"吧。

我的任务便是告知诸位：即使您现在合上书本、离开剧场，也为时已晚。

毕竟如诸位所知，你们明明早就可以抽身，却依然留在了这里。

诸位觉得书中的内容安全无害吧？诚然，截至本页，的确未曾出现过确凿的原理，未曾宣扬过任何的教义，未曾侵蚀过个人的信念……

可是，审判之锤已然砸下，一切都太迟了……

罪在何处？就由我来告诉诸位吧！

细数诸位的罪过。

请留步于此，请侧耳倾听，请观赏"印记"。

现在，诸位就是我们的东西。或者说，将咒文逆写，我们就是诸位的东西……永远都是。

——摘自《黄衣之王》第二幕

9

深夜中，厚厚的云层塞满了夜空，本就黯淡的夜色中见不到一丝光亮。

黑佛

阿久滨庄的房间里没有打开任何照明设备，中庭也幽暗而静谧，充满古韵的土墙外亮着路灯，微光只能勉强照出围墙上的排排瓦片。

日落不久，便下起了雨。雨滴不停降下，打在庭院树和其他绿植的叶片上，发出了嗒嗒的连响。眼下，雨势似乎暂时小了一些，雨打树叶的声音也变得相当轻微。

在这催人困倦的雨声中，还远远地混入了一些异样的声响，带着一股黏稠感，仿佛有人在柏油路上拖行重物，不时还叠加着好似踩烂成熟的果实时所发出的声音。

那声响离阿久滨庄越来越近，随后停在了中庭对面。

四下安静了片刻，可令人极为不快的异响再次出现了。这次只剩下黏稠的感觉，简直像是某种逐渐腐烂的生物正在往土制的围墙上攀爬。

不久后，土墙上出现了一个漆黑的庞然大物。随着一声闷响，庞然大物落到了中庭里。

着地后，它先是一动不动，接着小幅度地颤抖，体势宛如昆虫蜕皮时的样子，随后逐根抽出了黑色的腿脚。

等最后一条腿完全伸出，它的躯体也缓缓支了起来，趁着黑暗在荒废的中庭里蠕动。

那是一只巨大的蜘蛛。

不对，就连把它称为"蜘蛛"都让人觉得不适。它只有七条腿，但这七条腿都以躯干为中心伸展开来，间距均等，可见并非少了一条腿。

它的腿部表面覆盖着蜷曲的刚毛，而躯干上没有毛发，只有黑红色的黏液，活像是被剥了皮的动物；背上有几处凸起，正在剧烈地起伏，整体看来就像是鲜活的内脏上长出了蜘蛛腿一样。

这只七条腿的大蜘蛛在一处丛生的杂草中徘徊，可很快便开始缓缓地爬向侧廊。

这时，沉闷的打击声在中庭响起。

大蜘蛛的腿脚一阵痉挛，停了下来。

接着，一声重低音传来，甚至足以让人的丹田都为之震颤。恐怕是大蜘蛛发出的咆哮声。与此同时，那犹如活内脏的躯体上也出现了纵向的裂痕，蜘蛛的头部从裂缝中钻了出来。

它的脖子很长，长得堪称诡异，还沾满了黑红色的黏液；双眼分得很开，这一点倒和星慧的伴僧——石丸有几分相像。此刻，那两颗充血的眼球正凝视着刺入了自己躯体的菜刀。

"这里不是怪物该来的地方，滚回安兰寺去！"

安东尼站在侧廊上说道。

蜘蛛放低了头部，面向安东尼，用利箭般的眼神紧盯着他，再次发出了沉重的低吼声。

侧廊上并排插着几把菜刀，安东尼又拔下了一把，握在手中。

大蜘蛛抬起腿，作势要向安东尼冲去。正在这时，一个沉稳的声音响起：

"住手，石丸，你不是他的对手。"

安东尼抬起头，只见身着法衣的星慧正站在土墙的瓦片上。

他接着说道：

"在东京见面时我就察觉到了。你好像有法力吧？"

他那黝黑的肤色此刻更加暗沉，整张脸似乎都融入了黑暗之中，完全看不见表情。只是他的声音听来像在冷笑，想必此刻正咧着嘴角。

安东尼也轻声笑了起来，问道：

"你们把这叫作'法力'吗？我只是有一点特殊能力罢了。"

"你也是从一开始便注意到我们的真面目了，对吗？"

安东尼撇撇嘴，一口气回答说：

"我只感觉到你们也有特殊能力，而且还散发着非常邪恶的气息。什么'黑智尔观世音菩萨'？开玩笑！黑智尔不就是黑格尔的另一种译法吗？这世上哪有'黑格尔观音'？"

"所以说，你已经知道了'黑神大人'真正的名字吗？"

"现在知道了，包括你们的真实身份。"

听安东尼这么说，星慧展开双手，法衣的袖口随风扬起，宛如黑色的双翼。

安东尼则举起了右手，开口制止道：

"别激动，我无意跟你们开战。"

"无意？"

星慧饶有兴趣地说着，同时放下了手。

"嗯，随你们怎么搞，反正别碰我家老大。"

"随我们？你都知道我们是什么人了，还说得出这种话？而且你明明有法力……"

"唉，当正义之士多麻烦啊？再说了，我已经不明白究竟什么才是正义了……主持正义的任务就交给那个叫梦求的家伙吧。"

"既然如此，那你今晚为什么来妨碍我们？"

"因为会扯上我家老大。我没想过要帮梦求的忙，但欠了老大的恩情。他根本不知道我是什么人，却没有多说一句话，直接雇用了我。甚至给了我一个窝……"

安东尼直瞪着星慧，把话说了下去，"总之，你们不许对我家老大出手。他和你们这些肮脏的怪物根本不是一条道上的人。"

"你每天来安兰寺，也是为了保护石动先生？你到底是什么人？"

星慧语带讥笑，仿佛对安东尼越来越感兴趣了。

"非法入境者，不良外国人。"

安东尼自嘲般地答道。

星慧笑了，小声地说着：

"我能看到你的过往……原来如此，你是个逃亡者……被你原本所属的组织追着不放，是吗？你在那里使用力量，做了很多事……从小就受特殊的教育和训练……原来如此……"

"住口。"

安东尼小声叫道。

"好，我答应你，不对石动出手。当然了，我们这种人的承诺或许没什么可信度……不过我也觉得石动那家伙挺有意思的。"

星慧慢悠悠地点了点头，黑色的头颅一上一下地顿着。

"不管有没有找到《妙法虫声经》，我都会让他平安地离开阿久滨，但无法保证之后会发生什么。想要在世界灭亡后继续存活下去的话，唯一的途径即是皈依'黑神大人'……而且，我不能留着梦求的性命。"

"世界不会灭亡的。梦求也有本事自保吧？"

"因为他也有法力？可是，没人能胜过'黑神大人'。好了，我们回去吧。"

星慧高声笑了起来，随即便消失了。

而大蜘蛛似乎还在踌躇，一边不情不愿地探头看向安东尼，一边往中庭回撤。

安东尼依然站在侧廊，一路盯着大蜘蛛，直到它消失在土墙后。

第三章　黄印

黑佛

尔时阿罗弗偈说言

大雄猛世尊　　虽久远入灭

无量无数劫　　灭度又灭度

彼时，阿罗弗说偈陀曰：

释迦牟尼佛，勇猛精进，最为雄猛。他虽早已入灭，经历无数无量之劫，终获涅槃，不生不灭①。

1

一只大蜘蛛正追赶着名侦探石动戏作。

它体长两米，浑身长满刺毛，是一只狼蛛。八条腿都弯折成

---

① 偈陀是梵语"颂"的音译，即佛经中的唱词；入灭是佛教中对僧尼死亡的说法；劫是印度教中关于时间的术语，指极长的时间，有上千万甚至上亿年，被沿用到了佛教中；涅槃是佛教用语，指超脱生死的境界，也指僧尼死亡；不生不灭是佛教用语，佛教认为一切现象，只是因缘条件的组合，没有现象的本体，人们察觉到的现象，只是个幻象。因此现象既没有真实存在过，当然也无所谓灭失。——译者注

"八"字形，六只闪着红光的单眼死死瞪着石动，随时准备猛扑上去。

由于SFX①的制作环节似乎相当缺预算，因此这只狼蛛既不是道具服装，也不是经过加工的特殊视觉效果，既不是定格动画，也不是CG动画，只是用泡沫塑料制成的"花架子"，八条腿一动不动，全靠一个人在下面四脚着地，拼命向前爬，整只狼蛛看起来就像是被人拖动着前行。

——不在这种地方花钱，怎么拍得出好作品？！

名侦探石动戏作生气了，对制片人非常不满。

而更让他为难的是，假狼蛛的动作迟钝得可怕。那"花架子"似乎特别沉重，从刚才起便晃晃悠悠、跟跟跄跄，用一种蚰蜒爬行般的速度追着自己。哪怕他跑得再慢，也能轻易逃脱，无法体现出惊悚与焦虑的感觉。

于是，他无奈地停下脚步，尽可能摆出惊恐的表情，大声叫喊道：

"天啊！这大蜘蛛实在太吓人了！就算我是名侦探石动戏作，也照样会被它干掉的！"

这时，假狼蛛往一旁倒下，上鸟瑠美子从中出现，她正穿着一身蛛网图案的连休紧身衣。

"呼，累死我了。这东西怎么这么重呢！"

---

① SFX即特效效果，一般是指由制作团队在真实世界中人造的景观或假象，它常常是摄影机直接拍摄的，所以也称为真实效果或现场效果。——译者注

她一边擦着额头上的汗水，一边抱怨，随后对石动大喝道：

"这下子我就能抓住你了，名侦探石动先生！觉悟吧！"

说真的，石动觉得她比那只巨大的狼蛛恐怖多了。尤其是在连体紧身衣的包裹下，她的曲线得以尽显，这让她的可怕程度又上了一个台阶。

这次，他终于决定全力狂奔。怎奈事与愿违。不一会儿，她就抓住了他的脚踝。

名侦探趴在了地上，那模样要多狼狈有多狼狈。

"抓到你了。你已经逃不掉了，呵呵。"

说着，瑠美子便骑到了石动背上，妖娆妩媚地一笑。

"安东尼！救命啊！"

石动慌忙呼唤着能干的助手，而对方却站在原地，一动不动，笑嘻嘻地说道：

"老大，你看女人的眼光果然不行啊。"

"别说风凉话啦，快来救我！啊——"

名侦探石动戏作发出了惨绝人寰的悲鸣声，安东尼则事不关己般地别开了脸，并吹起了口哨，是科尔·波特①的《属于我们》……

---

① 科尔·波特（Cole Porter），美国著名音乐家，《属于我们》（Ours）是他创作的歌曲，来自他创作的百老汇音乐剧《红，热与蓝》（Red, Hot and Blue）。——译者注

……石动在阿久滨庄醒了过来。

多亏他好好地放松了一天，才睡得这么香，只可惜做了一个奇怪的梦。八成是因为被子太沉，压到了胸口。

现在，梦已经醒了，科尔·波特的旋律却依然在响。他听到来电铃声的电子音轻轻地重复着一段旋律，正是《属于我们》中"我心跳加速，你闪耀动人，若奔赴假日，一切都将属于我们"的那段。

他继续窝在被子里，趴着身子，接起枕边的手机，应道：

"您好。"

"您好，是石动先生吗？我是大生部。一大早打扰您，不好意思。"

来电者是此次的委托人——大生部晓彦。

石动看看手表，发现已经上午十点左右了，早就过了"一大早"。看来，对方是听出了他还没睡醒，因此出言嘲讽。

"没关系，我昨晚调查到深夜，所以起得晚了些。"

石动撒了个谎。

"调查有进展吧？"

"嗯，很顺利。"

石动嘴上这么回答，心里却想着俗话说得果然有道理，一个谎言会引发另一个谎言。

他正准备补充说，自己或许还需要一点时间才能查完，对方就抢先了：

"这可太好了。其实我要去福冈出差，今晚就到，公事也能在今晚解决，明天准备去安兰寺。到时候您应该能汇报一下调查过程吧？"

闻言，石动陷入了沉默，身上的被子好像也更重了。

"石动先生，您听得到吗？"

"……啊，听得到。好的，我明白了。"

"请您今晚别再一心扑在调查上了，早睡早起，谢谢。我估计明天中午之前就可以去阿久滨庄找您，接着和您一起前往安兰寺，在那里听您的汇报。我很期待哦！"

大生部说完便挂了电话。

石动一把掀开被子，穿着睡衣，握着手机，气势汹汹地站着不动。

他叫醒了睡得正香的安东尼，准备立刻赶往安兰寺，那位年迈的阿久滨庄老板娘却来问他俩有没有见过她的菜刀。

"菜刀？"

石动一边穿鞋，一边回头看向客厅，只见老婆婆一脸不解地说道：

"厨房少了一把用来切肉和鱼的菜刀。那是便宜货，而且又破又旧的，应该没人会偷啊……"

石动顾不上她，直接出发了。他走得很快，安东尼却慢悠悠地跟在后面。就在他准备爬上陡峭的参道时，已经累得上气不接下气，被安东尼追上了。

穿过寺门，他们看见石丸正用竹制的扫帚清扫着石板路。他的小臂从劳作服的袖口中露了出来，右小臂上缠着白色的绷带。

"石丸师父，您受伤了？"

石动问道，对方的表情却有些不快，没有回话，直接拂袖离去。

这让石动突然意识到，自己从未听过石丸开口说话。

这下，他不禁对石丸的声音产生了兴趣……

——不，现在没工夫想闲事了。今天之内一定要找出可以向大生部汇报的情报……

他忙不迭地摇了摇头，收回了心思。

正午过后，他们吃了石丸送来的午餐（石丸依然满脸不高兴），随后继续专注于阅览藏书库中的册子、卷轴和笔记。但别说和圆载的秘宝有关的图画了，他们连可以作为提示或参考的记录都没找到。

"这下可没辙了。"

石动头疼不已，最后终于瘫坐在木质的地板上，周围摊着各种纸堆和古文典籍。

"这样下去，只能老老实实跟委托人道歉，承认什么都没查到……唉，人家掏了路费和住宿费，让我们在这里待了一周，却没有任何成果，真是脸都丢光了，也失去了信誉啊！"

"没关系的，委托人大概从一开始就没相信过你。"

靠在柱子上的安东尼说笑道。

石动盯着他，答道：

"哼，我无所谓他信不信我，但没查出个所以然就意味着拿不到报酬。这要怎么办？"

"你就跟他鞠躬认错呗，说抱歉，您不用付钱了。然后回东京去。"

"也只能这么办了。"

石动提起茶壶，倒了一杯茶，润了润干渴的喉咙，接着道，"算了，就当是来九州旅游好了。大生部先生应该不会叫我们把调查经费退给他吧？"

"嗯。我也在乡下待腻了，觉得差不多该回去了。"

"那就靠梦求来找圆载的秘宝吧。"

石动伸了个大大的懒腰，抬起头来，又看到了悬挂在书架上方的那幅字，写的是"朱天下捕猛虎"，便问道：

"'朱天之下，抓捕猛虎'……中文怎么念来着？"

"zhū tiān xià bǔ měng hǔ。"

"梦求说的那个奇怪的虫子叫什么？zhū zhū zhū zhū？嗯，没错，就是这个。我明白了，原来'朱'在中文里念'zhū'啊。"

"你要是想学中文，就去找个家庭教师嘛。"

安东尼微笑着说道。

"我没有学外语的天赋啦，所以考大学的时候才选了国语专业。不过学会中文的话，去香港旅游就能派上用场了。"

石动也笑着回答。

"没用的，那边都说方言，是粤语。可惜我完全不懂粤语。"

"中文也好复杂啊……对了，那幅字怎么念？我又忘了。"

"zhū tiān xià bǔ měng hǔ。"

"chū tiē xià bǔ měn fǔ？"

"发音太不标准了，这样可学不会中文哦。"

"要你多嘴……'zhū tiān xià bǔ měng hǔ'对吧？真搞不懂你们中文的发音……但确实像你说的，这句意很难理解，倒不如直接翻译成'于西南方位捕捉猛虎'……"

这时，石动突然皱起了眉头，抱着胳膊，沉思了一会儿，接着站起身，在散乱的文书中翻找了起来，终于找出了那卷《安兰寺缘起》。

"安东尼，拜托了，帮我看看。"

石动的声音很认真，安东尼也不再敷衍，默默地走到了他身边。

"我想知道，装在木箱里的木像是不是只有一尊。"

石动一边说着，一边伸手指向了《安兰寺缘起》的开篇部分。

安东尼斜着眼睛，盯着这段文字，答道：

"上面写了'一尊木像'呢，没有提到是否还有别的。"

"也就是说，箱子里就'黑智尔观世音菩萨'这么一尊木像，而大殿里的另外三尊胁侍菩萨是后来加上的。估计是在创建寺庙的时候打造的新佛像。难怪我一直觉得它们年代不同……好嘞。"

石动突然一扫颓势，焕发出了自信。

"你想到什么了？"

安东尼颇为惊讶，不知道他为什么突然来了精神。

"其实我也不确定自己想的对不对，但至少我有东西能向大生部先生汇报了。"

说完，石动倏地站了起来，接着道，"接下来我要去阿久滨的镇子上做一些调查，再出发去福冈市。"

"福冈市？为什么？"

"当然是去查东西啊。晚上应该能回阿久滨庄。"

石动坐到了藏书库门口，穿上运动鞋，回头对安东尼说：

"这里就拜托你收拾一下啦！"

随后，他一溜烟地跑了出去。

之后，石动便出现在了阿久滨的道路上，形迹可疑。

他大步流星地从安兰寺一路走到海边，边走边小声数着步数。

等他来到近海的混凝土围墙边时，又用双手搭着铁栅栏，打量着这片汪洋大海，再次嘀咕了几声，而后迅速转身往回走，赶往阿久滨站的月台。

虽然他的行动看起来非常怪异，幸好阴云下的街道上依旧空无一人，他不用在意旁人的眼光。

就连平时总在沙滩上酗酒的上鸟章造也不见了，阿久滨仿佛彻底成了一座空城。

2

问话调查结束后，中村和今田离开阿久滨，归程中顺道去了福冈市内的某家房产公司，查清了上鸟瑠美子是在半年前建了房子，甚至买了地，花费相当之大。

中村很是讶异，心想她出身于阿久滨，是在老家的地皮上建房的，为什么还要额外花钱购买那里的土地呢？

房产公司的工作人员明确表示，瑠美子用现金付了首付，之后以自动划款的形式分期付款，每个月还款近二十万日元，从未因余额不足等问题而拖欠款项。

——她是用从事风俗业工作时攒下的钱来建房买地的？

中村如此琢磨着。可转念又想，即使她的存款超过一千万日元，也不足以付清这么一大笔钱。更何况她还有每天的生活开销，其中包括父亲的酒钱。

如今她没有工作，那么，到底是从哪弄来的钱？

然而，就算是为了查案，他们也无权去银行查阅个人账户的流水。不论瑠美子是靠存款还是另有财源，他们都没法去探个究竟。

不过，在房产公司问话期间，中村脑中突然闪过一丝灵感，便赶紧开口道：

"上鸟小姐家的房子相当考究啊，门上装了铁制的叩门环，窗户还是凸窗呢……"

"嗯，好像是找了出色的建筑设计师。"

工作人员答道。

　　这位工作人员很年轻，身穿一套阿玛尼①西装。虽说地价下跌的消息传得沸沸扬扬，可房产公司的员工收入似乎依旧丰厚。当然，也可能是为了让客人们觉得自己可靠，这才刻意用高级的衣着来"装饰门面"。

　　中村又进一步打听道：

　　"麻烦您告诉我，那位设计师来自哪家设计公司。"

　　于是，对方便将公司的名称告诉了他。

　　次日十月二十三日上午，中村和今田前去拜访了一家开在中央区天神一带的建筑设计公司。

　　天神位于地铁机场线和西铁大牟田线的交汇处，是整座福冈市里最为繁华的区域。渡边大街上建有成排的大型百货商厦和时尚大楼。

　　稍往北走一些，就是天神万町大街，沿街的咖啡店和杂货店一家接一家，但它的别称——"不孝街"②可比原名有名多了。

　　他们在此找到了一栋面向大街的大楼，那家设计公司就在四楼。

---

① 阿玛尼（Armani）是意大利奢侈品品牌，于1975年由时尚设计大师乔治·阿玛尼（Giorgio Armani）创立于意大利米兰，经营的产品包括成衣、鞋履、手表、包袋、美妆等，其中成衣最具代表性，以使用新型面料及优良制作而闻名。——译者注

② "不孝街"附近有两大复读学校，而街上开设了许多符合年轻人喜好的游戏厅、迪厅、卡拉OK厅、咖啡厅等设施，将复读生吸引了过来，甚至汇聚了不少不良青年，时有纠纷发生。"不孝街"由此得名。——译者注

由于它承接建筑方面的业务，中村他们便主观地认为那里肯定整整齐齐地摆满了制图板。可事实上，整层四楼都统一粉刷成浅蓝色，设计师们只用电脑工作，大型的打印机无声地"吐"出了一张张大开面的设计图纸。

中村找到老板，解释了自己来访的目的，对方便把资料拿到了接待室。

"二丈镇阿久滨的上鸟家是吧？"

老板确认道。

他长着稀疏的胡子，但看起来并非特意留的，只是懒得刮而已。

当然，他没有翻页查阅资料册，而是将一台笔记本电脑放在椭圆形的会客桌上，调出了相应的电子文件。

这让中村有一种自己已经落伍的感觉，暗想着或许该去买台电脑了。

"没错，的确是我们公司的项目。委托人叫上鸟瑠美子。"

"贵司是第一次接她的委托吗？"

"是的。"

"那么请问，上鸟小姐为什么选了贵司呢？"

闻言，老板略微思考了一会儿，答道：

"嗯……好像是大生部先生介绍的……你来一下！"

他叫来一名看似是事务员的女性，向她确认了自己没有记错。

"'大生部先生'是哪位？"

中村问道。

"哦，他叫大生部晓彦，是东京一家初创企业的社长，公司名称好像叫'HWR科技'。我见过他几次，但彼此并不熟。"

老板有些戒备地答道。

方才那名女性事务员找来了大生部的名片，中村用圆珠笔把HWR科技公司的地址和电话号码抄在了警察手册附带的笔记页上，真是最传统的记录方法。

回到车上后，中村接通了县警署搜查本部的无线联络台，请同事们帮忙调查大生部晓彦及其公司，随后对坐在驾驶席上的今田说道：

"接着去中州。"

"可是现在还不到下午三点。"

今田笑了。

"笨蛋，我们又不是去喝花酒的，是去那家叫黄印的风俗店打探情况！"

"知道知道，我跟你开玩笑的啦。"

今田说完，便发动了车子。

中州顾名思义，就是夹在那珂川和博多川中间的地区。它是福冈市乃至整个九州最繁华的娱乐街。

三条东西向的干线贯穿了中州，从北边起算，依次是昭和大道、明治大道、国体公路。其他道路则颇为狭窄，尤其是风俗店密集的区域，有不少仅容一人勉强通过的小巷。

中村和今田正沿着国道，向东进发。快到目的地时，他们把车停在了附近的一处停车场，随后徒步进入中州。

今天是星期一，工作日，而且眼下正是一天中日照最强烈的时段，风俗店集中的街道冷冷清清的。沿街两侧净是些粉色或红色的店招牌，上面那浅浅的污渍在阳光的照射下无所遁形。

这里果然是属于夜晚的舞台。等霓虹灯光和白炽灯亮起，这些寒酸的招牌便会变得光鲜亮丽，上面那些拙劣的女性画像也会活色生香起来。

中村和今田一边前行，一边留意着店名。

——"异性按摩""垫上按摩""女装按摩"，这些都有什么区别？！

看着那一块块招牌，中村大惑不解。

在街边等客的"皮条客"们想必也正闲着，一看到中村和今田，便忙不迭地聚到了他俩身边。

"两位老兄，来玩一会儿呗？便宜着呢，只要五千日元哦。你们知道的，家庭主妇们最喜欢把'打折时段'挂在嘴上了，这个点也正好是我们店里的'打折时段'，特别划算，而且还不用额外付定金！"

其中一人如连珠炮一般说个不停，同时快速展示着一张张名片大小的卡片，上面印有女性的面部照片。

"对了，现在还有纪念大荣鹰队两连胜的特价活动！能在职棒日本锦标赛里获得两连胜，真是可喜可贺！所以来玩玩啦！"

他进一步提议道。

——连风月场所都要聊棒球？

中村心头一阵烦躁，当场把他轰走了。

随后，他接连拒绝了四五个皮条客。而最后一个黏过来的家伙倒是没有急于推销，反而问他有什么想去的店子，并表示自己可以带路。

对方是一名中年男子，看起来十分和善，头发虽已稀疏，但长相却会让人联想到婴儿。

中村知道"黄印"的地址，但这里的路跟迷宫似的，害他费了好大功夫也没找到，于是决定让眼前这家伙帮个忙。

"我想去'黄印'。"

听中村这么说，对方挠了挠头，答道：

"哦，那家店人气很旺。要想生意好，果然还是得靠姑娘们漂亮能干啊……"

说到这里，他赶忙闭上嘴，仿佛不小心讲错了话，接着又慌慌张张地补充道，"不过'黄印'可贵了！而我们店的优点就是实惠！"

但最终，他还是为中村和今田带路了。果然人如其貌，是个厚道人。当然，他这一路上也不忘宣传自己工作的店子，还给他们看了一些"小卡片"，上面同样印有女性的照片。

中村下意识地在脑中将她们与麻里子、瑠美子比较了一番，随后信了这个皮条客的话——他们店果然只有价格优势。

"黄印"店如其名，统一粉刷成黄色。它共有三层楼，比相邻的同类店子更高，但只有侧面安了窗户，面向街道的则是一整面黄墙，没有安装招牌或霓虹灯，整体给人以一种强烈的压迫感。

黄墙底部的正中间开着一个长方形的入口，入口上方挂着一小块金属标牌，刻着"Yellow Sign"的字样。既然这整家店的外观已是醒目的"黄色印记"，那么的确没必要再刻意突出店名。

一个梳着脏辫的年轻人站在入口边上，正拿着手机通话，大概是店里的工作人员。

中村和今田经过"脏辫男"身旁，穿过黑色的门帘，进了店。

接待处的柜台就和酒店的前台差不多，一位年轻的接待员穿着浆得笔挺的白衬衫和黑背心，边向中村二人行礼，边欢迎二人的到来。

中村打量着四周。多年前，他倒是来中州体验过。比如他上大学时，中州正流行一种俗称"土耳其浴"的"泡泡浴"风俗店，他也曾体验过，但从没见过如此高档的店面。

店内的墙壁和外墙一样，统一采用了黄色。接待处旁的走廊通向深处，走到底就是一间间独立的按摩间，每间都配备一名风俗小姐，房内的墙面应该也是黄色的吧。

中村盯着贴在接待处后墙上的纸张，上面印着"可以刷信用卡"的字样，大号的文字下方还有一排不同信用公司的企业标识。

见两人都不说话，接待员一会儿看看中村，一会儿看看今田，随后静静地开口了：

"二位是想在一起接受服务？"

"不是！"

今田一下子气红了脸，大声反驳道。中村也用力摇摇头，觉得不可置信，哪会有男客来点这种项目……但转念一想，世界之大，或许真的无奇不有……

"咳，我们是福冈县县警署的。"

中村咳嗽了一声，自报了身份。

而年轻的接待员面不改色，依然带着镇定的微笑，看着今田出示的警察手册，问道：

"请问县警署的警察先生们有何贵干？"

"我们正在调查一桩案件，其中可能涉及一名曾在贵店工作过的女性。能跟贵店的负责人谈谈吗？"

听完中村的说明，接待员轻轻点了点头，拿起桌上的对讲机，对话筒说道：

"社长，县警署的警察来了，说是要查一个以前在我们店里干过的姑娘，所以想跟您见一面，打听些情报。"

而对讲机里的回答声实在太轻，中村听不清。

接待员点了几次头，最后抬起脸，对中村他们说道：

"我们社长说，现在就有空，可以聊聊。"

"谢谢，真是帮大忙了！"

中村道了谢。

于是，接待员又叫来了一名年轻的店员，让那人带他们去见社长。

店员解释说，厢式电梯是给客人们使用的，接着便带他们去了消防楼梯。当然，楼梯间并未被刷成黄色，混凝土墙都有些开裂，看着相当破旧。

爬到三楼后，中村觉得自己仿佛重新陷入了黄色的海洋，四下只有黄色这一种颜色。

很快，他们就来到了位于走廊尽头的社长办公室门口。

办公室的大门是全金属制的，透出一股无机质的清冷感，正紧闭着，没有装任何标识牌。

店员打开沉甸甸的大门，交响乐声也随之泻了出来。

"社长，警察先生到了。"

店员说完，便往里走，中村二人也跟在后面。

架子上有一套组合音响，正大声播放着音乐。伴着华丽流畅的弦乐演奏和雄壮浑厚的大合唱声，一名女性的歌声响彻了整间办公室。

眼前这个男人就是年轻人口中的"社长"。

他身材高挑，发型奇特，额头到头顶都剃光了，戴着一副椭圆形的银边眼镜，胡子也刮得干净仔细，给人以一种清洁的感觉。

他穿着蓝色衬衫和黑色紧身裤，靠在宽大的扶手椅上，跷着二郎腿，聆听着音乐，显得十分放松。

"二位不是治安科的吧？"

他一边把中村和今田请上沙发，一边问道。

听这说法，他仿佛认识县警署治安科的所有人员。

中村正打算回答，定音鼓和管风琴的声音就响了起来，轮到一名男性开始歌唱。

那是一首庄严的歌曲。

中村不禁皱起了眉头。

"不好意思，要是您嫌吵，我就去关了它。"

社长见状，起身往组合音响走去，并摁下了键钮，办公室里突然一片寂静。

"您喜欢古典乐？"

中村决定从闲聊切入。

"嗯，刚刚播放的是亚纳切克的《斯拉夫弥撒》，是一首庄重肃穆的好作品哦。"

社长重新坐下，解释道。可事实上，中村只听硬摇滚，完全不明白对方在说什么。

"有一阵子，我用它来做店里的背景音乐，但客人们并不喜欢呢。"

他苦笑道，然后拿过桌上的薄荷香烟，用火柴点着了那细长的烟卷，吸了一口，补充道，"我当时收到了很多投诉，他们说听到那种曲子，精神和体力都萎靡了，别再放了。甚至还有人叫我改放大荣鹰队的队歌。"

"队歌？唱着'朝着荣耀，振翅高飞吧'的那首？"

中村一脸嫌弃地问道。

"没错没错，就是它。干我们这行的，必须做到客户至上，所以我满足了客人的要求。但说实话，我压根儿不懂棒球。"

——哦！和我是同类啊！

中村在心中呐喊了起来。

他原以为对方是个做作的家伙，这下却突然产生了一股亲切感。

"那么，二位想了解什么情况呢？"

社长凝视着中村的双眼问道。

中村隐瞒了详情，只说上鸟瑠美子可能涉及某桩案件。

"上鸟瑠美子？"

对方沉思片刻，随后说道，"哦，是'莱娜'吧？她半年前辞职了。"

"'莱娜'是她在店里工作时的艺名？"

"'艺名'……您的用词很老派哦。"

社长轻声笑了起来，像是在讽刺中村"老土"。这一瞬间，中村刚刚对他产生的些许好感便烟消云散了。

"好吧,事实和您说的差不多,总之她上班期间就叫'莱娜'。"

"她是个什么样的女人?"

"直觉敏锐,培训的时候也学得很快。"

社长说完,又开始嗤嗤地笑了。

"您说她是半年前辞职的,当时发生什么事了?"

"警察先生,在这种店里工作的姑娘基本上都不会长做,而是干一段时间就辞职。"

他夹着香烟,将手举到脸旁,一条笔直的青烟从烟头向上升起。

"她们不干的理由五花八门,有人是存够了钱,有人是交了男朋友,有人单纯就是腻了,所以每个月都会有几个人离开。说真的,年轻姑娘本来就没个定性,流动性强,再加上她们的年龄会越来越大,我们也不可能一直留着她们不放。总之,保住那些'质量'高的女孩子才是最重要的。"

说着,他将烟嘴塞进口中,吸了一口,继续道,"也正因如此,我们不会去细问她们辞职的理由。如果她们说明天就不来了,那确实让人头疼,可要是说想下个月辞职,就随她们去吧。莱娜走的时候也是。反正她把欠的钱还清了,其他的我自然不会多管。"

"钱?她欠了店里的钱?"

中村留心地听着社长的话,一旦出现可疑之处便立刻询问。

"嗯。准确说来,是她当时的男人欠钱了。那男人每天都来预支她的薪水。"

"欠了多少？"

中村进一步问道，但社长伸出食指，竖在唇前，微微一笑，回答说：

"抱歉，这是莱娜的隐私，请容我保密。"

中村坚信，那是一大笔钱。

"把债还完，她就辞职了？"

"对。"

社长缓缓地点了点头。

"……那男人来预支的时候，别把钱给他不就是了？"

今田满脸不悦，社长却仍带着微笑，看向今田，说道：

"我也是这么想的。可若是不给他钱，他就会打莱娜。有姑娘被打肿了脸来上班，我们也不好办呐……"

今田沉默了，没有再开口，中村则接过了话，道：

"当时和瑠美子小姐……不，和莱娜小姐交往的，是这个男人吗？"

说着，他还把被害人"榊原隆一"的照片递了过去。

"是他吗……在我的印象里，那家伙的脸颊应该再窄一点……莱娜特别喜欢性格冷酷、脸型瘦窄的中年男人，平时也只会跟那种类型的男人亲密……唉，我也不确定是不是照片上的人。"

语毕，社长便把照片还给了中村。

中村一边接过照片，一边回想着被害人那具被绞死的遗体，回想着那张浮肿的遗容，又提出了新的问题：

"有人认识莱娜小姐当时的男友吗？"

"我们店没有吧。莱娜本来就不太合群。哦，中州有一家居酒屋，我们店里好多姑娘都常光顾那里。您可以去打听打听。"

中村问了居酒屋的地址，社长则直接叫了个店员带他们过去。

最终，是那位他们在进店时看到的脏辫青年负责带路，三人一起走在暮色笼罩下的中州街头。今田还是闷闷不乐的，但中村却突然意识到，自己忘了询问"黄印"社长的大名。

3

安东尼花了将近一小时来收拾乱七八糟的藏书库。

各种书籍纸张摊得满地都是，几乎找不到落脚的地方。于是他姑且把它们都放回到书架上，但不保证分类是否正确，总之把地板腾出来就是了。

他并不担心自家老大。因为石动说暂时离开阿久滨，去一趟福冈，因此不会有危险。再者，星慧也算跟他做了约定。当然，那种家伙并不可信……

不过，看样子石动似乎找到了线索。

安东尼心想，自家老大在这方面真是异常聪颖。可唯独这次，他祈祷着石动的推理是错误的。

他原以为，石丸八成会趁着石动不在来袭击他，以报昨晚的一刀之仇。可眼下他完全感觉不到石丸的气息，仿佛离他很远。

不过，鉴于石丸应该不具备足够的感知力，不明白安东尼的"法力"有多么可怕，故而不会刻意规避风险。可能是星慧严令禁止过石丸对安东尼动手。

既然如此，安东尼觉得自己没必要继续待在这种邪门的地方。

于是，他往藏书库门口走去，却突然听到了梦求的话。

"谢谢您昨晚的救命之恩。"

梦求坐在阿久滨的日式房间里说道。他的眼前只有一朵不知名的野花插在地板的缝隙里。

"我的本意不是救你。"

安东尼在藏书库的门口坐下，抬头看向上空，答复道。

此刻已近黄昏，太阳缓缓西沉。灰色的云层也有一部分开始染上橙色。

梦求面带微笑，轻轻歪着头道：

"我能叫您'安东尼先生'吗？安东尼先生，您也有'法力'呢。"

"比睿山也用这么酷的称呼来给'特异功能'命名？"

安东尼露出了嘲讽的笑容，接着道，

"我确实有一点'法力'，你也一样吧？所以呢？"

"您的'法力'非常强大，我根本无法与您相比。"

说到这里，梦求叹了口气，接着认真地凝视着面前的花朵，继续道，"能把您的力量借我们一用吗？"

安东尼皱起了眉头，语气有些强烈：

"别了吧。如果你昨晚听到了我和星慧的对话，就明白我压根儿懒得当'正义之士'。"

"为什么？想必您已经知道了星慧的真面目。他们异常邪恶、可怕……您也知道，一旦他们弄到了《妙法虫声经》，获得胜利，之后将会发生怎样的灾祸……您注意到了吧，那个所谓'黑神大人'的读音'kuromi'，根本就是把'弥勒'——'miroku'反过来念！这下，他们的目的也很清楚了。"

梦求握紧了拳头，加重了语气，强硬地说道，"事情都危急到这份儿上了，您为何还是不肯战斗？"

"我说过了，不想当'正义之士'。"

安东尼冷淡地拒绝了。

梦求吸了一口气，看向天花板。只见那薄薄的木板上布满了波浪般曲折的木纹。

他重新开了口：

"我不知道您来日本前被迫干过哪些事，可我向您保证，我们和政府没有任何关系，不会追究您的过去。"

"你们是NGO①地球防卫军的人？辛苦了。但你们大费周章，到底是想保护什么？"

安东尼低头看向安兰寺的石板路，语气中带着几分嗤笑，随即问道，"对了，你伤过人吗？"

"没有。"

梦求答完便抿紧了嘴唇。

安东尼将右手覆盖在额头上，坦白道：

"我伤过哦。甚至把很多人弄成重伤。不管有多么顽强的意志，人都不可能敌得过'法力'。你在想什么、你在隐藏什么、你渴望得到什么，我全知道得清清楚楚。那些信息就像活字印刷一样，印在我

---

① NGO即非政府组织（Non-Governmental Organizations）的缩写。——译者注

的脑海里……一旦确定对方有违'正义'，就得解决掉。方法也很简单——只要用'法力'潜入对方的神经系统，加上一把力，对方的心跳便会停止，从嗓子眼儿里挤出低沉的呻吟声，然后脸朝下摔倒在地。"

安东尼的额头上渗出了汗水，却还是没有住口，"如果要大规模伤人，那就加大力度，让对方集体出现烫伤症状。你闻到过几十个人身上同时散发出皮肉烤焦的臭味吗？"

梦求说不出话来，只得再次低头看着榻榻米。

"那时候我才十岁，还是个小孩子，什么都不懂……虽然是听命令才伤人的，可恐怖的是，我并不反感，反而觉得让大人们按照我的想法行动、折磨他们真的很好玩、很享受……"

安东尼的声音已经在颤抖。

"但现在不一样了，不好意思。我不想再干那种事了，也不明白什么才是正义。"

——"他说的没错。梦求，你能肯定己方就是正义的吗？你凭什么断言我们一方是邪恶的，而你们就是正义的呢？因为我们会大开杀戒，会毁灭世界？照这么说，这位安东尼先生岂不是和我们很相似？"

正在大殿向黑智尔观世音菩萨祈祷的星慧也睁开了眼睛，嘴角爬上了一丝讽刺的笑容，隔空发出了质问。

"星慧，别狡辩！你们就是会给世界带来灾难的魔鬼！"
梦求的脸都扭曲了起来，死死盯着纸拉门。

"你的话多矛盾，世上哪有我们这样一心求佛的魔鬼？算了，随你称呼吧。你若打算降妖伏魔，那就放马过来。但是，我们只是在以自己的方式修佛罢了。'黑神大人'会指引我们。最终看谁更强大，胜者即为正义。"
语毕，星慧向着黑智尔观世音菩萨合起了双掌，态度毕恭毕敬。

"的确，这就是'正义'的定义。"
安东尼苦涩不已。

4

"黄印"的风俗小姐们常去的居酒屋就开在博多桥附近的沿河处。
店的入口很狭窄，安装了一扇铝合金的拉门，门的上方挂着一块木招牌，写有店名"加西居酒屋"。店内也极为狭窄，仅有一条吧台。
博多川正在开展疏浚工作。越过居酒屋低矮的屋顶，便能看见起重机那黄色的吊臂斜斜地"刺"了出来。

然而，眼下已是黄昏，施工似乎也已告一段落，现场不再传来大型机械挖掘砂石和污泥的噪音。

中村向带路的脏辫青年道了谢，随后穿过居酒屋门口的暖帘，进了店。

店里只有店主一人，中村二人似乎是今天的第一组客人。

"欢迎！"

店主招呼道。

他站在吧台后方，年约五十岁，花白的长发上扎着一块印花的大头巾，穿着厨师常穿的白色日式短褂，而非大荣鹰队的队服，这让中村感到安心。

中村坐到了吧台前的圆椅上，望向店主身后的墙面，只见上面贴着各种菜名，比如：

芝麻酱鸡蛋

莲藕细意面

蘑菇饭

琉球黄瓜

炉烤卷心菜

糖醋茄子

热酒

红宝石啤酒

"二位想吃什么？"

店主一边送上凉水和热烘烘的擦手毛巾卷，一边问道。

其实中村原本只想问完话便告辞，不打算点餐，但那些新奇古怪的菜名让他改变了主意，外加他一下午没吃过东西，此刻也确实饿了，便说道：

"芝麻酱鸡蛋、蘑菇饭各两份。"

"酒呢？"

"我们还在工作，不能喝酒。"

中村婉拒了。虽然他很好奇"红宝石啤酒"到底是什么啤酒，可问话时却不能沾酒。

"还在工作？怎么偏偏是今晚呢？真是太可怜了。请问二位从事什么职业？"

"我们是警察。而且今天有点事想问您。不知您方便吗？"

闻言，店主停下了手里的活，回过身来，盯着他们手里的警察手册看了一会儿，随即又恢复了笑容，答道：

"没事，反正今晚应该不会有生意的。"

"怎么说？"

中村不解。而店主露出了惊讶的表情，答道：

"刑警先生，您仔细看看月历，今天是二十三号，有职棒日本锦标赛的第三场比赛，而且是在福冈巨蛋举行的第一场哦！"

——原来如此。

中村觉得他说得对。中州的行人之所以这么少，不仅因为今天是周一，还有这场棒球赛的原因。

今晚，善良的福冈市民几乎都期待着大荣鹰队拿下三连胜，其中的幸运儿们更是可以在福冈巨蛋内为热爱的球队呐喊鼓劲，而不够走运的话，就只好对着电视机大声加油。谷口麻里子属于幸运儿之一，此刻肯定正抱着吉祥物"哈利鹰"的毛绒玩偶，拿着大喇叭，在福冈巨蛋门口排队。

总之，今天还在工作的，估计就只有对棒球毫无兴趣的"叛逆人士"中村，以及被"叛逆中村"拖着到处跑的"倒霉球迷"今田。

当然，总有些人嗜酒如命，连这种"大日子"都要出来喝酒。但他们肯定会前往有电视机的居酒屋。如此想来，也难怪这里冷清得门可罗雀。

——"黄印"今晚恐怕也会全程直播这场球赛吧。

中村想着。

这时，他的心头突然产生了一股强烈的怪异感。

他仿佛看见了那位喜爱古典乐的可疑社长，而对方脸上正因为不得不播放球赛而露出了极为不快的表情。这让他差点笑出声来，只能强忍着笑意，开口道：

"您说得对，今天确实有比赛。那么，接下来请跟我们简单聊几句。"

店主有些惊讶地看着中村，回答说：

"请稍等，我先给二位上菜，马上就做好了。"

这并非用来拖延时间的借口。他在吧台后忙活了三分钟不到，就把茶杯和碗端了上来，招呼中村二人动筷。

蘑菇饭正如名称所示，是大米加蘑菇煮成的饭，而芝麻酱鸡蛋则是一道沙拉，碗里盛满了蔬菜，最后放上切片的煮鸡蛋，并拌入芝麻风味的酱料，说白了就是"日式沙拉"。中村不明白为何非要另取一个奇怪的名字。

但话说回来，这两道菜品都很是美味，尤其是蘑菇饭，成功地消除了中村的饥饿感。

见他俩吃得有滋有味，店主似乎也很高兴，开口问道：

"二位是想打听什么呢？"

中村放下筷子，答道：

"在'黄印'工作的莱娜小姐。她应该是你这里的常客之一。"

"莱娜小妹？我最近没见过她，听说她辞职了。"

"嗯，这一点我们已经知道了。您认识她当时的男友吗？"

"她交过好几个男友，而且喜欢的类型挺明显的，全是些身材消瘦、气质阴郁的男人，年纪也都比她大不少。"

"其中是不是有一位先生会去'黄印'预支她的薪水？"

"哦，您说大介啊。那家伙算什么男朋友，就是个吃软饭的，人品也差。他犯事了？"

店主露出了轻蔑的表情。看样子，即使听说这位"软饭男"犯了罪，他也不会感到惊讶。

"您知道他姓什么吗？"

"我记得姓'君塚'。"

听店主说完，中村便把"君塚大介"这个名字记在了警察手册上，然后问道：

"他是个怎么样的人？"

"是个人渣呗。"店主一口咬定道，"他的生存方式就是死缠着女人不放，赖在女人家里，问女人讨钱，根本算不上男人……我也劝过莱娜好几次了，叫她赶紧和这种人分手，可她还是跟大介纠缠不清的。大概是因为大介符合她的喜好吧。"

"您看看，这人是不是大介先生？"

中村说着，将被害人"榊原隆一"的照片递了出去。

店主眯起眼睛，盯着照片看了一会儿，说道：

"看着挺像的，但又不是特别像……我也不好说。这张照片拍得很奇怪。"

说完，他便把照片物归原主。

结合"黄印"社长的证词，中村开始觉得，被害人很可能就是这个"君塚大介"。至于为什么找不出证据，问题应该出在这张照片上。

他决定先调查大介是否行踪不明，以获得更多情报。

随后，他又问道：

"莱娜小姐是个怎样的人？"

"长得漂亮，但性格不怎么开朗，我总感觉她有点忧郁。"

"她的私生活有什么传言吗？比如，她是怎么认识那位君塚先生的……"

"她是个乡下姑娘，听说生活很艰苦。虽然她没细说，但她老爸在她小时候因为赌博和做投机买卖而欠了不少钱，把房子和地都赔出去了，父母也离了婚。"

听了店主的话，中村总算明白瑠美子为何要买地了。她只是想买回曾经属于自家的土地。而且这次买下的地皮可能比以前更大……

"莱娜好像被判给了老爸，不过她老爸很没出息，每天光知道喝酒，她后来就来福冈了，跟离家出走几乎没区别。她刚开始还认认真真地靠打工维生，后来被大介缠上了，不仅养着他，甚至还去异性按摩店里工作……'黄印'给的薪水应该挺高的，可就因为大介，她欠的债反而越来越多……唉，真是个苦命人。"

听到这里，中村回想起了茶坊店主的话。

——"'你被骗了！''我很清楚。我也没有受骗。我现在非常幸福。从我出生到现在，还是第一次感受到幸福哦……'"

的确，瑠美子或许真的是有生以来第一次感到幸福。她在家乡时，一直过着苦日子，而现在她能在那里建起气派的大房子，戴着镶金的黑玛瑙项坠，穿着名牌套装，还能向以前的同事炫耀……

然而，她到底是怎样得到这一切的呢？

那个疑似是被害人（同时亦可能是君塚大介）的男人说她被骗了，那么，她又究竟是被谁给骗了呢？是送她黑玛瑙项坠，还出钱帮她建房子的男人吗？

一个男人的名字在中村脑中浮现。没错，就是大生部晓彦——那个给她介绍建筑设计公司的男人、东京的初创企业的社长。

——必须详细调查这个人！反正已经联络了总部，应该很快就能查出个大概。

他下了决心，感谢店主对他们工作的配合，便起身离开了吧台。

就在他准备踏出居酒屋的时候，有人正好进来，两人撞在了一起。

"不好意思！"

对方点头哈腰地道了歉，接着抬起头来，只见他戴着一副黑框眼镜。

"眼镜男"开口道：

"咦，您不是之前在上鸟家问话的警察先生吗？"

他的语气相当亲切。

中村定睛一看，这个穿过绳状的暖帘往里走的男人，正是之前在阿久滨偶遇的石动戏作。

——他来这家居酒屋干什么？莫非是受了瑠美子之托来办事的？

中村不禁心生怀疑，便问道：

"贵姓'石动'是吧？请问，您到这里来做什么？"

"来中州当然只有一个理由啦！"

石动一副理所当然的样子，仿佛中村根本没必要问似的。

"就是来喝酒的嘛。不过我在这方面经验也不多，难得跑一次福冈，便想开开眼界了。就当是给自己干杯庆祝。"

他笑嘻嘻地盯着中村的脸，又提议道，"二位要和我一起吗？我很好奇你们正在处理怎样的案子呢。"

"不了，我们还有工作。"

中村拒绝了石动的建议。毕竟警方不能把搜查情报泄露给案件的相关人员。

"这样啊？那么，下次再约！"

石动说完，便进入了居酒屋。

离开后，今田一边回头看，一边说道：

"那个姓石动的家伙是什么人？"

"不知道，反正蛮可疑的。"

中村一脸苦涩地答道，同时迅速瞥了今田一眼，说，"我打算这就回县警署去，问问查到了多少大生部晓彦的情报。你如果想看棒球赛直播，就先回家吧。"

"我会陪你一起行动的，因为我也想尽快知道大生部晓彦这人到底什么情况。"

今田笑着答道。

中村对他有些刮目相看了，心想着，原来这小子也有身为刑警的骨气！

可下一秒，今田又补充了一句：

"而且回署里还能'听球'呢，反正肯定会有人开着广播听实况的。"

确实，他说对了。

5

"欢迎光临，请问您想吃什么呢？"

加西居酒屋的店主招呼着，并将水杯和擦手巾放在石动面前。

石动一边用热乎乎的毛巾擦着手，一边抬头看着墙上的菜名，有些疑惑不解，但很快又绽开了笑容，说道：

"原来如此，您家的菜单都是用'回文'①写的！"

"很少有新客能这么快就看明白的，您可真了不起啊。"

用头巾束着花白长发的店主露出了佩服的神色，石动也爽快地打开了话匣子：

"首先是'芝麻酱鸡蛋'，念作'ゴマダレタマゴ'，接着是

_____

① 回文是一种修辞手法。用回文写成的词组或句子，从前往后读和从后往前读都是一样的，例如蜜蜂采蜂蜜、罪犯犯罪等。——译者注

'莲藕细意面'，但它不念'レンコンスパ'，而是念'ハスネスパ'，再往下，'蘑菇饭'——'シメジメシ'，下一个'琉球黄瓜'有点难度呢，得用旧式的假名写法才能构成回文，是'リウキウキウリ'吧？'炉烤卷心菜'的读音'キャベツノッボヤキ'就更牵强了，改成'津边烤卷心菜'，也就是'キャベツノッベヤキ'不好吗？"

"我也这么考虑过，可是客人肯定会问我'津边烤'是什么烹饪法。"

店主苦笑着说。

"那么，'炉烤'又是什么？"

"是把培根夹在卷心菜叶里，放到锅里干蒸。"

"原来如此。要不然，您索性取个抽象的名字，比如'卷心菜的悄悄话'——'キャベツノブヤキ'，然后用卷心菜做道菜即可，像是德式酸菜等。嗯，您这里还有'糖醋茄子'，念'スナス'，'热酒'，念'ユシュ'，最后是'红宝石啤酒'——'ルビービール'啊！对了，包括您的店名'加西居酒屋'都是回文，念作'イザカヤカサイ'……您太有自己的坚持了。"

"哈哈，那您打算点什么呢？"

"就挑我最猜不透的吧！我实在想象不出琉球黄瓜和红宝石啤酒是什么样的，请给我上这两样。"

结果，琉球黄瓜是用黄瓜代替了苦瓜的杂炒小菜，里面还放了猪肉和笋子。

红宝石啤酒则是一种红色的啤酒，店主将它满满地倒在细长的玻璃杯里。

"我知道了，因为它的颜色，所以才叫作'红宝石'。"

"嗯，这个牌子叫罗登巴赫，是比利时的。"

"您家只有这种红啤吗？应该也有客人想用扎啤杯喝生啤吧？"

"没错，有人会点朝日牌的超爽啤酒，不过，只提供红啤是我们店的经营策略。"

"要是在某个名字极度拗口的国家里，有个啤酒公司能推出一款啤酒，叫作'爽超了超爽'就好了。"

石动笑着喝了一口罗登巴赫啤酒。

"唉，是啊。不然我老是不能增加店里的菜品和酒水，太让人头疼了。"

店主的话里带着几分抱怨。

"话说，我正好在喝啤酒，就突然想到了一道菜，叫'健力士葱'，念'ギネスネギ'，怎么样？您可以用健力士黑啤加上葱来煮猪肉。"

"好主意，我就不客气地收下了。只可惜用健力士黑啤煮猪肉太不划算啦。"

他顿了一顿，用饶有兴趣的眼神凝视着石动，接着问，"客人，您看着不像福冈本地人。是来观光旅游的吗？"

"我确实是旅客，但不是来观光的。这几天我一直待在乡下工作呢，直到今天才第一次来福冈市。"

"难道您之后要去福冈巨蛋看棒球赛吗？"

店主问完，见石动只是露出了茫然的表情，便明白了，道，"看来我猜错了呢。"

"我是来购物的。我需要买一些资料。"

石动夹起一筷琉球黄瓜，同时指了指放在吧台上的纸袋，上面印有"金文堂书店"的字样，随后改变了话题，"其实，我对刚才那两位刑警更感兴趣。他们到底是来干什么的？"

"是来问话的。有个姑娘以前是我家的常客，他们说想问问她的情况。"

"可他们是搜查一科的刑警，专查命案的。到底发生什么案子了？"

石动趁机打探道，但店主耸了耸肩，含糊地回答说：

"没啥，就是找我问了点熟人的私事……"

而石动当然不可能想到，店主口中的"熟人"就是他已经见过好几次的上鸟瑠美子。

于是，他立刻收敛了态度，一边和店主聊着无关痛痒的闲话，一边喝干了啤酒。

晚上八点多钟时，石动回到了阿久滨庄。

"你脸好红。"

安东尼看着他的脸说道。

石动酒量很差，一杯啤酒就能让他面红耳赤。即使回程时坐了近一小时的筑肥线列车，面颊上的红晕还是没能完全消退。

"我喝了一杯，庆祝一下调查有所收获。那个叫什么'罗登巴赫'的红啤很好喝哦！"

"那就好。老大，恭喜你。我刚接到大生部先生的电话，说自己已经顺利抵达福冈了，还不停地追问你去哪了。"

"那……你是怎么回答的？"

石动有些不安，安东尼却笑了，答道：

"你放心吧，我回答得很妥当啦，就说，'石动先生为了查清安兰寺里的一些问题，去福冈市了'。"

"答得好，我放心了。"

石动把书店的纸袋放在矮桌上，然后盘腿坐到了坐垫上。

"调查报告有眉目了吗？"

"别担心！已经不用慌了！大生部社长来访也无所谓，我明天应该能跟他解释清楚。"

"……但还得继续往下调查是吧？"

安东尼的表情非常认真。

"你这么想回东京？说句实话，我也待腻了。乡下的日子确实舒服，可住上一个礼拜已经是极限。我好想念又忙又乱的东京啊。你也别急，我今天并没有预期外的收获，没查到更多东西，所以明天会好好跟大生部社长解释的。等汇报完就回去。至于我的猜想是否正确，随它去吧。"

石动苦笑道。

"那就好。"

安东尼安心地吐了口气。

"你居然这么喜欢东京……对了，明天必须早起，我就抓紧去洗澡睡觉了。晚安！"

石动站起身来，去了走廊。

安东尼再次叹了一口气，抬起头来，呆呆地注视着墙壁。

6

中村一打开福冈县县警署搜查一科的大门，就听到了同事的惨叫声：

"啊呀——咋办啊……"

"怎么了？"

今田急忙发问。

正贴着收音机收听直播解说的林刑警（他是地地道道的博多人）一脸惨相，答道：

"咱队没防住高桥由伸，被两个跑垒员拿分啦！"

这下，今田也露出了非常失望的表情。

两人并排坐下，脑袋贴在一起，开始说起电波状态不好等话题。

中村见状，相当愤慨，心想这关电波何事。桌上的那台收音机明明就吵得要命，信号也非常稳定、良好，连"后援团"的喇叭声和太鼓声都听得清清楚楚，简直刺耳。

"先别管职棒日本锦标赛了，大生部晓彦的情报都查好了吧？"

中村坐到自己的工位上，对林说道。

讽刺的是，此刻整个搜查一科里只有中村、今田和林三人。看来其他人都各回各家，守着电视机收看棒球比赛去了。而林反倒还驻守在岗位上，等着他俩回来。于是中村不得不对这个分心听球的家伙表示感谢。

"哦！我查得可认真了！"

林回应着。

"那么，能大致说一下结果吗？还是等比赛结束后再说？"

中村的语气冷冷的，话一说完，林和今田便同时大叫起来，把他吓了一大跳。

"连仁志①都能打中！完了完了，今天电波太差了！怎么投出这么好打的球！"

"但他慢热嘛，每次刚开投的时候表现都不好！"

听着这两个人你一言我一语地聊得火热，中村总算意识到，那

---

① 仁志指仁志敏久，日本职业棒球选手，曾效力于读卖巨人队，位置为二垒手或三垒手。——译者注

个"电波"其实是大荣鹰队的首发投手——一位姓"殿波"的外籍球员。

"太气人了！我们先别听了吧？别急，反正后半场还能反超回来的……来来来，先工作！"

林说着，便关掉了收音机，看到今田一副没听够的样子，又轻轻拍了拍他的肩膀，随后走向中村。

"大生部晓彦是个什么样的家伙？"

中村问道。

"他在东京经营一家名叫'HWR技术'的初创企业，他是社长。公司专做生物技术方面的业务，事业干得红红火火的，势头特猛，还在纳斯达克上市了，股价也涨得飞快。"

林一边看着笔记，一边作答。

"原来是做高科技的啊……"

中村琢磨着这个行业是否有这么大的利润，足以让大生部给住在福冈的情妇买房买地。

"他的家庭情况呢？"

"他结婚了，有一儿一女。两个孩子还很小，老婆是资产家的千金，所以老丈人出钱给他开了公司。也就是说，他跟有钱人家的女儿结了婚，用老婆娘家的钱创业，自己也靠这份事业成了有钱人。"

林露出了羡慕的表情，一直在沉思的中村却突然微笑着对他

黑佛

说道：

"但他在老婆面前肯定抬不起头。"

"哈哈哈，有道理！还有啊，我们查出那个玛瑙项坠是从哪买来的了！"

"真的？！"

中村不禁提高了嗓门。

"店家要是撒谎，我们也没办法啊。总之那个项坠还真是在东京买的。我派了两个人去东京查证，结果确实如此。不过他俩今晚要在东京过夜喽，真可怜啊。"

中村突然觉得有些内疚，毕竟出差的同事没法子一下班就赶回家里看球赛了。不过，他们肯定在东京的酒店里看电视直播……

"玛瑙项坠果然是定制的吧？"

"嗯。"

"是谁下的单？"

中村急匆匆地问道，林则笑了笑，答道：

"大生部晓彦。"

中村重重吐了一口气，抬头看着天花板，沉默了片刻，很快又凝视着林的面孔，开口道：

"我说说自己的想法：大生部晓彦来福冈旅游或者出差，其间认识了上鸟瑠美子，两人发展出了亲密关系，于是大生部替瑠美子还清了店里的债务，送她昂贵的黑玛瑙项坠，在她的故乡给她建房子，包养她。可是，瑠美子以前的人渣男友大介发现了他们的婚外情，便威胁、勒索大生部。又或者，他还迷恋着瑠美子，于是找到她，说她被大生部骗了、人家已经有老婆了，等等，可是瑠美子不理他，他就打算找大生部太太告密。归根结底，大生部感到大介搞不好会毁了自己的名誉和地位，索性杀了他……你觉得这说得通吗？"

闻言，站在林身旁的今田插话道：

"中村哥，你的推理有漏洞哦。如果他们仅仅是包养关系，大生部为什么要给情妇建独栋住宅？让她住在藤崎的高级公寓也差不多了，不至于砸那么多钱。再说了，要是他害怕妻子知道他有外遇，那么跟情妇分手就好，根本不必杀人。除非大介掌握着更重大的秘密，比如说，瑠美子怀了大生部的孩子……"

"你讲得很对，这里头的确有说不通的地方。"

中村承认道。今田又冷静地继续说：

"因此，我觉得大生部不是单纯花心，而是认真的。"

"认真的？"

"嗯，他真心爱着瑠美子。所以才会满足瑠美子的心愿，帮她把老家的土地买了回来。而除了自保，为瑠美子复仇说不定也是他杀死大介的动机之一。毕竟那家伙把瑠美子的人生搅得一团糟……"

"也是。动了真心的话，情况就比花心复杂且严重得多了。杀人案的背后，通常都有'真心实意'的爱与恨。"

林深深地感慨道，但也没忘记再加上一句，"当然，上述假设都有一个前提，即'被害人真的是君塚大介'。可这一点还没有定论呢。"

"是啊，必须先跟君塚大介的家人联络，确认一下他的情况。"

中村深深地叹了一口气，接着道：

"我们眼下只能肯定那个黑玛瑙项坠是大生部定制的。这下可绝对要找他聊聊了。对了，去东京的那两位弟兄明天能和他见一面吗？"

"很遗憾，办不到哦。"

林露出了意味深长的笑容。

"他这么忙？唉，到底是初创企业的社长啊，忙也正常。"

"不，其实他明天不在东京，现在应该已经抵达福冈机场了。"

"什么？他来福冈了？你不早说！"中村大吼一声，随即又笑眯眯地问道，"莫非大生部社长大人是狂热的巨人队球迷，特地跑来敌队的大本营——福冈巨蛋看球赛？"

结果，林的笑容里满是怜悯，答道：

"所以说，跟不懂棒球的人交流真是难啊。第三场比赛已经开始了。中途观赛就相当于在电影播了一半的时候才进播映厅，除了傻瓜，没人会这么干。"

"是的，我每次去福冈巨蛋看球，都是从球员做击球练习时就开始大看特看了！"

今田不住点头，表示赞同，又趁势提出了自己的猜测：

"他百分之百是去'海鹰城'①啦，那个日本脑神经外科学会不是要搞活动吗？"

"哦！就是那个蔚为话题的学会啊！"

日本脑神经外科学会预定将于二十四日、二十五日两天在福冈巨蛋召开活动，因此今年的职棒日本锦标赛也会在第三场比赛后隔两天再举行下一场比赛，赛程安排相当特殊，不仅体育新闻，连普通的新闻都做了相关报道，故而中村也知道这件事。

"大生部的公司和生物技术有关，据说他打算把研究成果应用于医疗事业。这次学会也有外国相关人士参加，他八成就是来和这些人见面的，目的就是为技术的落地做准备，获得最新情报等。今晚好像还会有餐会。"

"他住在哪家酒店？"

中村边说边猛地站了起来，大有直接冲去酒店之势。

"等一下等一下，你别这么急躁嘛！"

林伸出双手，把中村按回到椅子上，姿态相当之滑稽。他安抚道：

"大生部贵为社长，今晚有很多事要忙啦，根本拨不出时间给你。"

"我可以等到半夜。"

---

① 海鹰城是福冈市中央区的一处综合大型商业设施，原指海鹰城购物中心，和福冈巨蛋、福冈海鹰希尔顿酒店等距离很近，经过不断发展，现已成为一个繁华的标志性大商圈。——译者注

"你是没问题，对方呢？不过，我听说明天学会结束之后，大生部会诚心诚意地去福冈的庙里参拜。"

"是安兰寺！阿久滨的安兰寺！"

中村大叫道。

"那么，去阿久滨找他谈谈就行了！还有啊，你今天到处问话，都跑了一整天了，就先回去休息一下吧，不然身体吃不消。"

"也是……"

中村确实累了，便用食指解开了白衬衫的风纪扣，应道，"我先走一步了，之后就等明天再办……你们呢？"

"我再听会儿广播，比赛还没完呢！"

林回答道，今田也是同样的打算。

中村整理了一下仪表，转身准备回家，这时，背后爆发出了一阵欢声。

原来林他们重新打开了收音机，得知大荣鹰队已经追平了比分。

7

石动整晚都睡得很沉，并不知道大荣鹰队最终大败于巨人队。

或许是因为解决了难题，他感觉轻松了不少，不再被被褥的重量所影响，也没有做奇怪的梦。

时间来到了十月二十四日。天色从一大早便阴沉沉的，但石动的心情却朗若晴空。他八点就起床刷牙、洗脸、剃须，早餐时还多吃了两碗饭，然后把昨天在福冈市买来的参考书放进手提袋，等着大生部到来。

上午十点过后，大生部终于抵达了阿久滨庄。

"您来了！劳您这么远跑一趟，真不好意思。"

石动来到玄关，迎接自己的委托人。

"没事，我本来就要去找星慧大师，来这里也只是顺道。"

大生部淡淡地答道。

他和上次在东京见面时一样，穿着黑色的高领毛衣和黑裤子，双手插在裤袋中。

不过，九州也在逐渐降温，因此他的毛衣比上次厚一些，还披着一件茶色上衣。

他空着手，看来是把行李放在福冈市的酒店里了。

"您昨天在福冈市办事对吧？还顺利吗？"

"托福，还行。我和国外的学者一边吃着日式料理，一边对话。其实我很久没说英语了，但姑且可以沟通。"

说完，他便一动不动地站在玄关口，凝视着石动，问道，"别管我的事了，我更想听听您的调查情况。进行得也很顺利吗？"

"很顺利！"

石动满怀自信。

"真的吗？您找到圆载的秘宝了？！"

黑佛

"应该没错。当然，我没法断言它一定就藏在我设想的地方，毕竟我不确定'圆载的秘宝'是否真的存在。"

"它确实存在，绝对。"

大生部说得斩钉截铁，石动暗想，这位男士真是个无可救药的浪漫主义者。

"好的，那我就重新说出我的结论——圆载的秘宝确实存在，只是我没法断言它一定就藏在我设想的地方。不过，我能向您汇报自己的发现，或者说是自己的想法。而之后就得请您自己去寻找、验证了。"

"在哪里？"

大生部的语气强硬了起来。

"最好从头开始说明。我建议进屋详谈，您意下如何？"

石动有些故弄玄虚。

"不，还是去安兰寺说吧。"

大生部一边打量着周围，一边答道。大概是不想进这栋破破烂烂的旅馆，因此才会把石动他们扔在这里，而自己则在福冈市内的高级酒店住宿。

"好，那我就陪您去安兰寺。"

石动说完，先回了一趟房间，拿起装有参考书的纸袋，和大生部一起出发了。安东尼则远远地跟在他们后面。

他们向南走着，刚从国道202号进入北面的道路，便看到一辆车

186

停在眼前，两名身穿西装的男子站在车旁。

真没想到能在阿久滨的路上看到人，而且还是两个。

其中一个身材瘦小，体格精悍，头发剃得很短，长着一张方脸和两道浓眉，看起来性格顽固。他的胡子也很浓密，密密麻麻地分布在口唇周围。

另一人是个高个子，身材瘦弱，一头卷发长到领口，不知是不是"自来卷"。他戴着银边眼镜，长相比同伴温和许多。

石动对这两人有印象，毕竟已经见过两次了。第一次是在瑠美子的家门口，第二次则是在中州的居酒屋。

他们是便衣刑警，那辆车也是伪装成普通车辆的警用车。

他们凝视着石动一行人，随后小个子的中村刑警大步走了过来，拦在大生部面前，问道：

"您就是大生部先生吗？"

"是的，怎么了？"

大生部回答得相当沉着。

他估计有四十多岁了，服饰几乎都是黑色的，比中村高出一个头，丝毫没有中年发福的隐忧。而中村死死盯着他的脸，只见他瘦窄脸，尖下巴，双眼狭长，目光锐利，气质里带着几分阴郁和冷漠。按"黄印"社长和居酒屋店主的说法，他确实属于上鸟瑠美子喜欢的类型。

看中村没有回答，大生部便开口询问对方的身份，语气不善。

黑佛

"我们是福冈县县警署搜查一科的刑警,我姓中村,这位是今田。"

中村说着,同时亮出了自己的警察手册。但大生部依然波澜不惊。

"我们有些事想问您……"

中村边说边看向大生部身边的石动。

石动似乎也不理解现状,只是轮番看着他们三人。不过他看起来毫不吃惊,反倒兴致勃勃的。这令中村感到有些碍眼。

"方便的话,我们能换个地方说话吗?"

"这是叫我去警署?不必了吧。到底出什么事了?我很忙,要是有话要问我,直接在这里说就好。"

大生部歪嘴一笑。

"谈话内容或许会涉及您的隐私,可以吗?"

中村瞥了石动一眼,向大生部确认道。

"没问题,我没做过见不得人的事。"

大生部言之凿凿。

——真的?

中村暗暗嘀咕着。但这既然是本人的意思,他自然也无所谓。

于是,他发问道:

"首先,您和上鸟瑠美子是什么关系……"

"等等,在问话之前,请先说明一下情况好吗?二位要查的是什么案子?按理来说,应该先解释再提问吧?"

大生部仿佛是在讥笑他们。

中村被激怒了，可并未把情绪表露出来，回答说：

"有一位自称'榊原隆一'的男性在福冈市南区遇害了，我们负责调查这桩案子。"

中村在"自称"这两个字上加重了语气，但大生部的表情没有任何变化，反问道：

"这桩案子跟我和瑠美子小姐有什么关系？"

"我们得到了目击证词，说瑠美子小姐和一个貌似被害人的男性在一家茶坊见过面，所以……"

"'貌似被害人的男子'，是吗？他真的是被害人本人吗？而且，有谁能证明和他见面的就是瑠美子，而不是别的姑娘？"

大生部非常自信，但他大意了，直呼了上鸟瑠美子的本名，显得他俩十分相熟。

听到这番"狡辩"，中村也仿佛准备拿出王牌：

"我们基本上可以肯定是瑠美子小姐本人。根据证词，她们的外形一致，更重要的是，证人目击到了她那颗特征鲜明的黑玛瑙项坠。"

"那你就去问瑠美子小姐啊，跟我有什么关系？"

面对中村的"王牌"，大生部依然不为所动。

中村感到这是个棘手的家伙，不由咂了咂舌，重复了最初的问题：

"您和上鸟瑠美子小姐是什么关系？"

"我认识她，她是上鸟家的女儿。"

"难道您原本就认识她父亲？"

——东京的初创企业社长为什么会认识福冈乡下的一个酒鬼？

中村颇为纳闷。而且他俩的年龄差距较大，也不可能是学生时代的旧友。

"抱歉，我的说法不准确。我是指，我认识瑠美子小姐，也知道是上鸟家的女儿，但这不意味着我和她家是世交。我真不了解她父亲。"

大生部有些急了，赶忙辩解。想必是意识到中村知道上鸟章造，并立刻改变了自己的回答方式。

"您和她有多熟？"

"我是在阿久滨认识她的。我有时候会上安兰寺去，和住持关系也很好；而安兰寺举行法会的时候，瑠美子小姐会去帮忙。一来二去，我们就认识了。"

"您送她的黑玛瑙项坠好像很贵啊，还给她介绍了建筑设计公司。"

"因为我在阿久滨受了她很多照顾，这才送她项坠，权当是谢礼。那东西很便宜。"

大生部的言下之意便是——只有你们才觉得那是一份昂贵的礼物。

"至于设计公司嘛，我听瑠美子小姐说想改建老家，于是就介绍给她了。"

"那不是改建，是新建吧？好像还有人给她买了土地。"

"是吗？我完全不知道这回事呢。"

大生部瞪圆了眼。

中村再次感受到对方有多么棘手。他越是圆滑地岔开话题，就越是让人觉得可疑。

但就现状而言，别说带他回署里细细询问了，就连请他自愿跟他们"走一趟"都不行。他本人要是拒绝，警方也只得先收手。

"这样啊？我明白了。"

最后，中村决定直接抛出最关键的问题，"十月十三日晚上，您人在哪里？"

"您在怀疑我？也罢，就算我提出异议，想必您也会说这是例行询问吧？"

大生部话里带着讥笑，随后答道，"那天晚上我当然在东京了。"

"您有证人吗？"

"很遗憾，我确实有证人，而且他就在这里。"

大生部拍了拍石动的肩膀。

突然被人触碰的石动吓了一跳。只听大生部解释道：

"十三日晚上，我和石动先生在商量事情，他可以为我做证。"

闻言，中村和今田同时盯牢了石动，而石动惊呆了，四下张望着。这下他总算是不知所措了。

.

第四章　蓝气

黑佛

佛游行旷野说陀罗尼狮子吼如黑风地皆震裂丛林屈曲城邑摧折虽然丛林城邑不见其手

佛游行于旷野，说陀罗尼[1]。布道声如狮吼，似黑风，震动了大地，歪曲了丛林，摧毁了城邑。然而丛林、城邑均不见其手。

1

石动坐在后座，一脸烦躁地说：

"干脆来玩游戏吧，说说那些出人意料的翻唱作品！我先来——桑·拉的《接吻的序曲》。我有个前辈给我听过这首歌，真是太了不起了。小号独奏听得我毛骨悚然，总觉得有一种邪恶的气息。"

"桑·拉的作品哪里邪恶了？老大你只听些老掉牙的音乐，所以带着偏见。"

坐在他身边的安东尼耸了耸肩，接着道，"我选弗兰克·扎帕的《通往天堂的阶梯》。用管乐把吉米·佩奇的吉他独奏部分全部照抄

---

[1]　陀罗尼又名总持、能持、能遮，是佛教术语，指能令善法不散失，令恶法不起的作用。一般认为它具有神秘的力量，使持诵者获得功德、不忘佛法。——译者注

了一遍，真是完美的作品。应该是写了谱子，让管乐演奏者好好练习了吧。总之，通过最了不起的技术和努力，做了世上最愚蠢的事，扎帕可真伟大。"

"还有科尔·波特的《你可曾》。它被人用朋克风格重新演绎过吧？而且是男女二重唱的……"

"嗯，是伊基·波普和狄波拉·哈利。"

"明明找了朋克乐队来伴奏，男歌手却模仿了弗兰克·辛纳特拉和宾·克罗斯比的唱腔，真恶心。原版可是辛纳特拉和克罗斯比的梦幻合作呢！"

"那只是伊基·波普的玩笑而已吧？他很幽默嘛……艾迪·哈泽尔的《加利福尼亚之梦》也不错。其实我不喜欢爸爸妈妈乐队的原版，哈泽尔的翻唱却是最棒的！他出色地表现出了美国西海岸的空虚感，比原版更高一筹。吉他的编排当然也很帅气。"

"我推荐犹大圣徒翻唱的《乔尼·B. 古德》。"

坐在副驾驶席上的中村警部补突然插话，语气生硬。

接着，他依然板着一张脸，头也不回地说，"那首歌烂透了，听得人根本提不起劲。要是查克·贝里听到了，估计会气疯的。"

石动和安东尼陷入了沉默，坐在驾驶席上的今田忍不住笑出了声。

找大生部问完话后，中村提出想和石动聊几句，最好可以换个地方细说。

石动没有理由拒绝，再加上还没理解现状，便含糊地答应了下来。

于是，他和安东尼乘上了那辆伪装成普通车辆的警用车，沿着国道202号向西驶去，离福冈市越来越远，都快要到福吉了。

眼下，他们似乎来到了二丈镇的中心地带。JR福吉站是一座崭新的二层建筑，外墙体是淡紫色的，绿色的屋顶呈半圆形，似乎原本就被设计师规划为周围景观的一环。

而福吉站边上的福吉派出所好像有着同样的定位，也采用了绿色的屋顶，建筑风格很是现代化，看起来比站前的其他建筑都更时髦。从正面望去，圆柱支撑着拱顶，安装在顶上的警徽闪闪发光，只有下方那块厚约数厘米的木制标识牌体现了警察的威严。

中村跟福吉派出所的警员打了招呼，带着石动和安东尼进所，请他们坐在折叠椅上，随后彬彬有礼地自我介绍道：

"我是福冈县县警署搜查一科的中村裕次郎。"

今田则坐在一张不锈钢桌前，开始做笔记。

"您父亲莫非是日活①电影的影迷？"

---

① "日活"全名"日活株式会社"，是一家老牌的日本电影制作发行公司，创立于1912年，最初叫作"日本活动写真株式会社"，现名取自其简称，即"日活"。它曾一度主打年轻人路线，制作过青春电影和低成本动作电影。著名演员石原裕次郎便是"日活"打开青春电影路线的关键人物，而石动和中村对话中提到的另外几个名字也都取自"日活"影星，分别是赤木圭一郎、小林旭、浅丘琉璃子、吉永小百合。——译者注

石动抬头看向中村，提问道。

中村有些烦躁，暗嫌石动废话太多，但还是照实回答说：

"是的，我哥叫圭一郎，要是我再有个弟弟，我父亲肯定会给他取名叫'旭'。"

"那您妹妹是叫作'琉璃子'还是'小百合'？"

"我家就我和我哥两个孩子，没有妹妹。"

"咦？那么，您在搜查一科是不是昵称'老大'[①]？"

中村闻言一笑，说道：

"我当上警察之后，第一件让我感到吃惊的事就是刑警内部居然不用昵称。在我被调到搜查一科之前，轮过好几个分局，可连'长哥'[②]这么寻常的称呼都没人叫……不过这些事都无所谓，现在是我们有问题要问您。"

中村又搬来一张折叠椅，坐到了石动面前，抱起了胳膊，开始发问：

"首先，您和大生部先生是什么关系？"

---

① 　石原裕次郎在1965年主演的电影《哭泣吧》中，其角色"伸作"被片中的伙伴们称为"老大"。——译者注

② 　日本1972年至1986年间播出过一部长篇刑侦题材的系列连续剧《向太阳怒吼！》，由石原裕次郎主演。该系列讲述了某警署搜查一科的刑警小队活跃在一线的故事，其一大特色便是剧中人物都以昵称来相互称呼，"长哥"便是剧中角色"野崎太郎"的昵称，因为野崎太郎从事刑警的资历比主人公更长，并且职级是巡查部长。——译者注

"他是我的委托人，委托我去安兰寺查一些东西。"

"您是大学里的人吧？是助理人员还是别的什么人？"

"不不不，对了，给您一张名片吧……"

石动在上衣口袋里摸索了一下，正准备拿出名片，坐在他边上的安东尼便急忙制止，一边摁着他的手，一边代他答道：

"我家老大不在大学工作，只是个自由调查员，以个人名义接的委托。"

石动露出了不满的表情，可还是默默地点了点头，将手放回了膝盖上。

——为什么不让他交出名片？

对方那异常的反应让中村产生了怀疑，可他还是忍住了疑心，继续问道：

"您是第一次接受大生部先生的委托吗？"

"是的，十月十日那天，我突然接到他的电话，而十三日晚上是我们第一次见面。"

中村探出身子，凝视着石动，说道：

"我想了解一下详情。您说十三日晚上和大生部先生见面了，具体是几点？"

"午夜零点三十分。所以严格说来已经算是十四日了吧。我们去了他的办公室。"

"午夜零点三十分？这么晚？为什么要挑深夜谈工作？"

石动耸耸肩，解释道：

"是大生部先生指定的。他说自己很忙，只有大半夜才腾得出时间。但是啊，我们本来约好零点见，哪知道我遇上了堵车，迟到了三十分钟。说真的，我并不希望大半夜出去工作，可既然委托人强烈要求了，我这种自由职业者也不可能拒绝。"

"在东京约人半夜十二点见面……"

中村嘀咕了一声，眉头拧了起来，陷入了沉思。

——初创企业的社长再忙，在这种时间约人谈事也太离谱了。而石动这家伙不觉得其中有古怪，看来他同样很离谱，甚至比大生部有过之而无不及。这明显是大生部刻意制造的不在场证明！

"你有航班时刻表吗？"

中村向站在内侧的驻警问道。

对方回到休息室，很快又拿着一大张时刻表回来了。

中村将时刻表摊在不锈钢桌上，和今田凑在一起，小声地商量了起来。

"……去东京的最后一班飞机是哪班来着？"

"这班！SKY012，晚上九点十五分从福冈起飞，十点四十五分抵达东京。"

"约在零点的话，倒是正好能赶上。不过起飞时间太早了，晚上九点十五分的时候，被害人还活着呢，他至少是在这之后才遇害的。"

"有目击证言吗？"

"嗯，被害人的房东在那晚见过他，当时将近九点。再加上指纹的事，可见犯人作案后，至少还在现场逗留了一小时。这么一算，犯人行动再迅速，也不可能在十点之前离开，更不可能赶上九点十五分的末班机。"

"指纹？"

"命案现场所有的指纹都被擦除了。他最担心的大概是上鸟瑠美子的指纹。假如被害人真是君塚大介，瑠美子很可能曾经多次去过他的房间，所以……"

"君塚大介和上鸟瑠美子是什么关系？"

这时候，中村才意识到和自己对话的人不是今田。

他回过头去，只见石动二人正紧挨着他们，站在他们背后死盯着时刻表。

"你俩！别乱走啊！"

中村怒吼一声，石动一边点头哈腰地赔不是，一边重新坐到了折叠椅上，双手放在膝盖上，坐姿毕恭毕敬，脸上却毫无反省之意。

——这家伙也太胡来了！

中村对石动的印象越发恶劣，气呼呼地问道：

"既然你们在偷听，也差不多听明白了吧？"

"差不多了。"

看中村这副表情，石动尽可能摆出一副畏畏缩缩的样子。而这在对方眼里或许是投机取巧、装傻充愣。

总之，中村满面怒容，语气不善，问道：

"那么，您觉得这是桩怎样的案子？"

"被害者最早在晚上九点后于福冈遇害，凶手为了把指纹全都擦除，至少在现场待到了晚上十点。"

"还有呢？"

"还有，凶手没法乘坐从福冈到东京的末班机，可大生部先生午夜零点三十分时却身在东京，因此只能得出一个结论——大生部先生不是凶手。"

"是的，您说得对。"

中村仿佛在夸奖一个答对了问题的好学生，随后用力握住了折叠椅的椅背，直视着石动的双眼，说道，"如果他零点三十分真的在东京，那我也不得不承认这个结论是对的。石动先生，他当时真的在东京吗？您确定吗？"

他的语气冰冷而可怕。

石动就算再迟钝，这时也终于明白了中村为什么要把他带到派出所来——

因为疑似主犯的大生部晓彦太难对付，"撬"不开嘴，那么就转而单独询问帮忙提供了不在场证明的"共犯"，令其自白。这个"共犯"看起来一点都不可靠，只要把他和大生部隔开，带进派出所里，稍微施点压，应该很快就能让他主动交底儿。

没错，中村心里的"共犯"正是石动戏作。

想到这里，石动一边擦着冷汗，一边拼命辩解道：

"这太为难我了，我说的都是事实。事实上，我也希望自己有说错的、会错意的、看错的地方，但我是真的在午夜零点三十分跟大生部先生在东京见面谈过事。我可以对天地神明、上帝菩萨，以及安兰寺供奉的黑智尔观世音菩萨发誓……"

结果，中村对他好言相劝、安抚怀柔，同时又夹杂了轻微的恐吓，暗示他再不改口就会被当成共犯，缠着他问个没完。在盘问了近一小时后，中村总算放过了他，只不过，这绝非由于听信了他的证词，而是拿他没有办法。

毕竟，中村的感想已经全都写在脸上了——想不到这个"共犯"也这么棘手。

2

"你为什么要急着阻止我掏名片？"

"别那么干比较好。当时气氛特别紧张，你要是把印了'名侦探石动戏作'的名片交给警方，肯定会挨骂的，说你把警察当猴耍。一个不巧，还可能直接被捕。"

"说我捏造头衔吗？可是，'名侦探'的身份能让人肃然起敬吧？像是金田一耕助、埃勒里·奎因等人，走到哪都会受到热烈欢迎，被对方盛赞为'声名远播的大侦探'。当然了，所有警察都知道他们的大名，所以愿意把搜查情报分享给他们，带他们一起去问话，让他们享受特殊待遇，在他们有空的时候，十有八九还会被警方委任为'一日署长'[①]呢。"

"那是自然，人家可是名人哦。"

"我就是没有名气的名侦探喽？说不定还被杀人犯利用，当了帮凶，提供了虚假的不在场证明，不配再当名侦探了。"

石动叹了一口气，继续说道，"唉，我可太沮丧了，就像艾灵顿公爵在《芳心之歌》里写的那样——'靛蓝色的心情，比蓝色更为忧郁'。"

石动和安东尼正在阿久滨庄的客房内。从方才起，石动就一直趴在榻榻米上，反复看着时刻表，百无聊赖。

中村警部补的问话相当执拗，搞得他精疲力竭。大生部则十分体贴，特地出面迎接他，还察觉到了他的疲惫，考虑了他的身体状况，大度地表示：

"您可以随意挑其他时间汇报调查成果，而要是警方继续纠缠不休，我也很愿意为您介绍律师。"

这是石动第一次见到大生部展露出笑容和亲切的态度，但反而让他感到火大。毕竟对方在意的并非石动其人，而仅仅是他的证词。这

---

① 一日署长，就是警署、消防署、税务署等邀请名人来担任一天的署长，起到一个公共宣传的作用。其中警署的"一日署长"主要会对公共安全、交通安全等事项进行宣传。——译者注

让他有一种被人利用的感觉，狂怒之情不禁油然而生。

所以，在大生部回到福冈市内的高级酒店之后，石动就窝在了阿久滨庄的客房里，一直盯着时刻表。

终于，石动将视线从表上移开，抬头深吸一口气，就像是游泳者换气一般，接着又一边摇着头，一边站起身来。

"怎么了？想到什么好点子了？"

跪坐在矮桌边的安东尼问道。

"不……首先，我不太会看时刻表。我最不擅长这种麻烦事了，哪还想得出好点子？"

"那就没法推翻大生部先生的不在场证明了呢。"

"去拜托浦上伸介先生好了。你不是有《周刊广场》编辑部的电话号码吗？"

石动的语气里都带上了哭腔，而安东尼仿佛不理解他的意思似的，愣在原地。

"可是，就算我看得一头雾水，我也知道大生部先生的不在场证明是成立的。有人在晚上九点之前见到了还活着的被害人，而凶手在行凶后擦除了指纹，那么至少需要在现场停留到晚上十点。但从福冈出发去东京的末班机是晚上九点十五分，因此怎么都不可能赶上，中途转机也不行，毕竟压根儿没有符合凶手需求的航班啊。这下子，除非大生部先生长了翅膀自己飞，不然绝对不可能赶在和我们见面前回到东京。哈哈。"

石动干笑了几声。

"那就说明，大生部先生不是凶手呀。"

安东尼的口吻一派轻松。

"或许吧。可那个姓中村的刑警说的有道理，午夜十二点把人叫出来谈事情确实很不自然，要是拿它当作杀人案的不在场证明就更奇怪了。"

"也难怪他会怀疑老大你。"

"你也是，别忘了你当时是跟我一起去见大生部先生的。总之，我是没法从时刻表里看出什么猫腻，还是换个角度重新思考吧。"

石动把时刻表往房间的角落里一扔，直接盘腿坐在榻榻米上，神色凝重，一面思考，一面困惑地嘀咕着：

"有人在晚上九点之前见到了还活着的被害人，而凶手在行凶后擦除了指纹，那么就至少需要在现场停到晚上十点。换言之，凶手之所以多留了一小时，完全是为了把被害人房里的指纹都清理掉。可为何非要做到这一步呢？"

安东尼明白他是在自言自语，却还是给出了回应：

"是害怕现场留下自己的指纹吧？"

"长时间留在现场才更危险。那是被害人的房间，对凶手而言属于陌生环境，说不定有人会突然进来，或是被人看到。既然如此，凶手为什么甘愿冒着这么大的风险去清理指纹呢？"

石动用手掌撑着额头，陷入了沉思，随后又回答了自己提出的问题：

"最简单的答案就是，凶手有前科，指纹在警方那里备了案。可是，大生部先生并不符合这种情况。"

"他果然不是凶手吧。只有推理小说才会把拥有铁证的人写成可疑分子。"

安东尼喃喃道。

石动则没有理会安东尼，自顾自地往下琢磨：

"第一，为什么非得把指纹全都清除？即使凶手和被害人很熟，曾多次去过他的房间，好歹也是去做客的，不可能把指纹弄得到处都是。只需把门把手、桌子、橱柜之类的地方仔细擦个遍就好。想尽早逃跑才是凶手的正常心态吧？就算是大生部先生杀了被害人，可只要不会因为指纹问题而被警方查到，就一定会优先选择逃跑吧？"

这次，安东尼沉默了，同时流露出些许困惑，仿佛再次强调着大生部先生不是凶手。

石动一脸认真地陷入了沉思，没过多久，他脑中突然闪过一道灵光。

"我明白了！"

他不禁喊了出来，安东尼吓了一跳，问道：

"真的？可以推翻他的不在场证明了？"

"嗯，八九不离十。我有问题要先问问中村刑警。"

　　说罢，他便找出离开福吉派出所时收下的便条，拿起手机拨打了上面的号码。

　　"您好。"

　　"您好，我是中村。"

　　电话那头传来了低沉的男声，看来那是中村本人的手机号。

　　"我是石动戏作。"

　　"石动……哦，是石动先生啊。您终于想说实话了？"

　　中村的语调立刻明朗了起来。

　　"很遗憾，我不记得自己有什么必须坦白的事。"

　　石动果断地说道。

　　"那么，您为什么给我打电话？"

　　他的声音透着不快，看来搜查仍未取得突破，这令他十分焦躁。

　　"我有些事想向您请教一下……您已经调查过乘客名单了吗？就是十三日晚上，福冈去东京最后一班飞机的乘客名单。"

　　"调查也没用，反正凶手不可能搭那班飞机。"

　　"我建议您务必去查一查，最好连之前从东京飞往福冈的航班也一起带上。"

　　"您到底想怎样？快说正事！"

　　对方终于怒吼了起来，石动皱着眉头，把手机从耳边拿开了。

　　"啊，您好，您还在吗？嗯……能请您稍微耐心一些，好好听听我接下来要说的话吗？……不不不，不会占用您很长时间……如果您对我的看法有点兴趣，希望您能回答我几个问题，您看行吗？"

石动说着，便从茶壶里倒了一些茶水出来，润了润嗓子，开始说明自己的推理。

3

"……石动先生，您特地把我约出来，到底是想说什么？"

大生部瞪着石动说道。

"大生部先生，我只是想告诉您，您的不在场证明或许不成立。"

石动用冷冷的视线无畏地盯着大生部，悠然地作答。

现在是十月二十五日，大生部来到了安兰寺大殿。理由是中村警部补在听了石动的解说之后，特地把他叫了过来。至于地点则是石动选的。他提议说，这里是将所有相关人士齐聚一堂、解开谜题的最佳场所，可中村似乎没看过推理小说，无法理解石动试图模仿小说桥段的心思，只是带着满脸的不解，勉勉强强地答应了。

眼下，黑智尔观世音菩萨像依然坐镇于须弥坛上，而石动和大生部就面对面地坐在须弥坛前方的坐垫上。

大生部摆着一副凛然不惧的表情，镇定自若，双眼一动不动地凝视着石动的脸。

石动也同样目不转睛地回视着对方，神色平静，不见丝毫紧张，浑身都透着自信。

中村坐在石动左侧，似乎压力颇大——不，或者更该说是焦虑。

他的双手在膝盖上不停地来回搓动，八成只想尽早结束这种像是某种神秘仪式的场面，然后把大生部带去警署。

星慧就坐在须弥坛面前的一张大坐垫上，紧挨着须弥坛，饶有兴趣地打量着这群人。他还是穿着平时那身法衣和轮袈裟，整个人都很放松，瞳孔就如同孩子般亮闪闪的，像是在期待接下来的好戏。

石丸关上了大殿的大门，然后走到角落，正襟危坐，对石动和大生部的角力毫不关心，倒是更在意安东尼，不时从远处偷偷瞥向他。

安东尼靠在入口附近的一根圆柱上（全场只有他一个人站着），但他那专注的视线并非落在石动或大生部身上，而像是望向了星慧……

"我的不在场证明不成立？证人不就是石动先生您自己吗？难道您打算说，十三日晚上见我一事有假？"

大生部微微笑着说道。

"我不会那么做的。因为我确实在十三日晚上午夜零点三十分跟您见面了。"

"那么，我就不可能在福冈市杀人了。案件发生的时候，从福冈开往东京的末班机已经起飞了，我来不及赶回去。"

"不，您来得及。您搭乘的是晚上九点十五分时出发的SKY012号班机，十点四十五分时抵达了东京。"

石动语气非常犀利，继续道，"接下来，只要您火速前往办公室，则确实有可能在零点前就赶到。至于您挑选'证人'的依据，想必是觉得急着接活的个体户侦探愿意妥协。即使您定的时间不合理也没关系，反正他们总会赴约的，并且不介意您迟到一会儿。当然了，结果反倒是我劳您久等了，您其实很担心我会爽约吧？"

"那天我公事繁忙，所以傍晚过后就一直独自留在办公室里整理工作，之所以会和您约在半夜，真的是因为只有那段时间有空。"

大生部还是不见慌乱，甚至相当从容。他不紧不慢地阐述着，"先不说别的，若我在福冈搭乘晚上九点十五分的飞机，不就来不及杀人了吗？被害人遇害的时间晚于九点吧？"

"事实并非如此。凶手下手的时间比九点还要早。被害人搞不好在晚上八点左右就已经死了。"

"别说傻话了，他肯定是在晚上十点左右被杀的。"

大生部语带讥笑。

"您推断的时间点也太晚了。不过，警方好像判断被害人死在晚上九点以后。理由是八点四十五分时，公寓房东亲眼见到了活着的被害人。再加上被害人房间里的指纹都被擦除了，于是警方认为凶手在现场多留了一小时，以毁灭证据。即是说，凶手在福冈待到了晚上十点左右，的确乘不上回东京的末班机。"

听石动说完，大生部讶异地挑起了眉毛，却没有开口。

于是石动继续道：

"上述推理的依据是房东的目击证言。她说晚上八点四十五分时，被害人当面把房租交给了她……然而，她见到的真的是'被害人本人'吗？不，其实凶手在晚上八点左右就杀死了他，之后消除了房内的指纹，最后与房东见了面。而那个凶手不就是您吗？"

语毕，只见大生部震惊地瞪大了双眼，"您在说什么蠢话？这怎么可能？！"

"中村刑警查证过，上鸟瑠美子小姐对男性的偏好很明显，只亲近那些年长、纤瘦、冷淡的男士，历任男友也都长得很像。这次的被害人恐怕就是君塚大介，而您和他的外形很相似，不是吗？甚至可以冒充对方……"

"别、别胡说！我哪做得到这种事！目击证人是房东吧？！房东怎么会把租客和别人弄混了呢？！"

大生部涨红了脸，怒喝道。

"没错，目击证人的确是房东女士。说得更确切些，她当时是去收房租的。突然有人敲门，凶手肯定会大吃一惊，慌乱不已，很难想出假冒被害人来蒙混过关的计策。"

"所以说，这种事根本不可能！"

"嗯，房东不会认错租客……但她并没有认错人，毕竟那间屋子就是您用'榊原隆一'的假名租下的。"

石动静静地说道，大生部已经惊呆了。

"您在福冈市结识了瑠美子小姐，发展了亲密的关系，而且很可能像中村刑警他们认为的那样，您并不是随便玩玩，而是真的爱上了她。于是，您替她还清了'黄印'的债务，让她和吃软饭的渣男分了手，送她昂贵的黑玛瑙项坠，甚至帮她在阿久滨建了房子。您平时还会去福冈找她，为了方便，便用假名在福冈市租下了一间公寓。尽管只有那种破旧的公寓不需要租客提供身份证明，硬件条件确实差了点，但好歹算是弄到了私会的场所。去那里和心爱的女性见面，也很符合您那浪漫主义的气质。"

就在石动发表着自己的推理的同时，大生部已经张大了嘴，完全愣住了。

"问题是，已经分手的君塚大介又打算'吃回头草'，开始纠缠不休，并且跳过瑠美子小姐，直接威胁您，扬言要曝光她怀了您的孩子一事。您既害怕丑闻，又想报复给她带来不幸的君塚大介，于是起了杀心……"

说到这里，石动喘了一口气，咽了咽口水。

此时，他注意到星慧正紧盯着自己的侧脸，便有些害羞，心想着对方一定是在佩服自己绝妙的推理。

他再次开口说道：

"……您把君塚大介叫到了那间公寓，时间就约在十三日晚上八点左右。见面后，您直接杀死了他，把遗体藏在壁橱之类的地方，接着把屋里的指纹全都擦掉。因为您不能让人发现这里其实没有君塚大介的指纹。这样一来，就必须清理所有的指纹。"

中村伸出手指，挠了挠太阳穴。这番话他已经听了两遍，一遍是在昨天的电话里，一遍是今早在阿久滨庄碰头时，估计早就听腻了。

"您处理完现场后不久，房东就来了。由于那是您本人租下的房子，自然知道那天晚上房东会来收租。您平静地接待了房东，付了钱，这样就得到了被害人晚上八点四十五分时还活着的证词，之后，您只需火速赶往福冈机场，搭乘飞往东京的末班机即可。"

"开什么玩笑……您完全是在胡扯！压根儿就没这种事……"

大生部几乎是在呻吟，而中村看人的眼光也很准，大生部果然很顽固。

然而，在证据面前，他也只有认命的份儿。

"警方查到了您往返福冈的乘客记录。中村刑警，请您展示证据……"

石动说着，转头看向了中村。中村了然，似乎觉得终于轮到自己出场了，便将一枚信封交给了石动。

与此同时，星慧的眼中也亮起了诡异的光芒……

4

奈克罗查：

时间哟，停止吧……

此刻君临的，是永恒，是空洞。

吞噬一切，拥抱一切。

因为我是庞大的虚无。

我即将再次见到曾经所见。

就在这令人生畏的深夜，我降临于此！

以全能者之名，摧毁世界！

——利盖蒂·捷尔吉《伟大的死亡》第三场

5

时间停止了。

石动正打算从中村手里接过信封，但此时他的姿势定住了；中村亦然，保持着单膝跪地、向石动伸手的状态，不再动弹；安东尼也像是粘在了圆柱上似的一动不动。

唯有露出了本性的异种生物们依然可以行动。

星慧从坐垫上站起身来，感叹道：

"这男人也算是个天才了。干得可真漂亮，居然能自圆其说。"

接着，他歪了歪嘴，露出了冷酷的笑容。

"想不到会发生这种荒唐事。"

大生部答道。

他一副无可奈何的样子，眼球如同触角般从脸上凸了出来，还咕噜咕噜地打着转，背后的毛衣隆起，黑色的双翼在其下不自在地蠕动。

214

"扯什么'您用"榊原隆一"的假名在福冈市租了一间公寓'，愚蠢！租住在那里的是天台寺的僧兵慈念，是来暗中侦察我们的动向的。至于君塚那个吃软饭的家伙，我半年前就受瑠美子所托，把他解决了。而且是当着瑠美子的面，将他活生生地大卸八块。当我撕下他的手脚时，瑠美子还高兴得大笑呢。哈哈哈哈！"

大生部也爆发出了一阵狂笑，一张血盆大口裂到了耳边，露出了一嘴的獠牙和分叉的红舌。

"不过……你的确杀了慈念吧？"

"嗯。因为他接触了瑠美子……瑠美子可是'圣妻'！"

"结果还真是你杀的？那么，等你被捕，这桩案子也就圆满落幕了。"

"我会被捕吗？搞什么啊，不如早点死了，然后寄生到别的躯体上。没必要蹲监狱。"

大生部可怜兮兮地说着，星慧则略作思考，答道：

"那就尽快。你先顺着石动的说法，向警方自首，随后立刻自杀，而且方法越残忍越好。不然的话，一旦警方找目击者来指认你，对方很可能认出你并不是'榊原隆一'。"

"遵命。"

大生部低下了头。

"石动虽然发表了一套优秀的推理，可惜的是，他没有证据。"

星慧说完，大生部便低声答道：

"他不可能有。"

"要不我们送点证据给他？"

星慧莞尔一笑，回头看向黑智尔观世音菩萨像。

"住手，星慧！"

尽管肉体陷入了停滞的状态，梦求仍从阿久滨庄的客房里释放出了意念。

"你想把所有罪行都推到大生部身上，自己彻底躲到幕后？！明明是你在暗中操控一切……"

"梦求，别说些奇怪的话。"

星慧抬头看向大殿的天花板，仿佛打心底里觉得梦求的话令人费解。

他继续道，"你希望弄清所有真相？希望向世人公开表示，天台宗至今仍在守护国家，与异种生物及拥有特殊力量的人战斗？包括现在这个瞬间，你们的人也对着天台座主殿里的筒子[①]祈祷获胜吧？就像你们在每次国家存亡关头时做的那样。"

---

① 天台座主殿里的筒是一种法器，表面看是普通的狭长筒子，高20~30厘米，外直径5~7厘米，有盖，中空，外表上可以雕刻、绘制图案。密教修法认为，将写有敌人名字的纸张放入筒中，通过对筒祈祷，便可实现国家安稳、怨灵退散等目的。——译者注

梦求答不出话。

"你其实心里有数吧？不让这桩案子发展到'超自然'的领域，对你我双方都好。放心吧，我之后会找你慢慢算账。"

星慧嘴角上扬，露出了笑容，下一秒却又慌张地看向入口处，张口道：

"坏了，那个年轻人开始意识到现状了，他的力量比梦求还强大，说不定会强行闯入'须臾'……石丸，按住他！"

听到星慧的命令，石丸似乎很是高兴，往安东尼那边走去，从劳作服的袖子中各伸出了两条蜘蛛腿。

"接下来，就该借用'黑神大人'的力量了！"

星慧抬头望向黑智尔观世音菩萨像，盯着那无脸的头部看了一会儿，目光中充满着怜爱，随后闭上双眼，双手合十。大生部则一边跪地叩拜，一边向后退去。

"'黑神大人'……请展示您伟大的力量，并将其借给我们……无貌之神啊……伏行之混沌啊……伟大的'黑神大人'哟……"

星慧口中念念有词，随后睁开眼睛，右手握住一串念珠，向前伸去，郑重地咏唱起陀罗尼，"不俱隶 目楼那诃 朱诛楼 楼楼隶 阿伽不那瞿利 不多乾。"

就在这一瞬间，大殿中爆发出了震耳欲聋的惨叫声，大生部用长有鳞片的双手掩住耳朵，他的眼球也深深地陷入了眼窝。

黑佛

黑智尔观世音菩萨像剧烈地震动了起来。

它的轮廓随即变得模糊，经历了千百年岁月的表面越发浓黑，然后轮廓更加朦胧，表面亦更加幽暗……

而后，高亢的噪音和强烈的震颤停止了，黑智尔观世音菩萨像已经变得纯黑，简直像是一片黑暗……

不，不对，它并非"像是黑暗"，而是化作了黑暗本身，就仿佛穿透了空间。放眼望去，四周都与平时无异，只有这尊无颜佛像的轮廓以内充斥着黑暗与虚无。

星慧跑到须弥坛上，纵身跃入这片黑暗之中，穿过黑暗，超越时空，奔向过去……

……当星慧重新出现在须弥坛上时，坐垫上的另一个星慧正合着双掌，且毫不惊讶。

须弥坛上的星慧心想：原来我回到了十月十日。

"你怎么又来了？这次是出什么事了？"

坐垫上的星慧问道。

——看来真的是十月十日。毕竟那天的我也是这么问的。

"今天是几号？"

尽管须弥坛上的星慧已经猜到了日期，可安全起见，他还是问了一声。结果对方答道：

"十月十日。"

"果然不出所料。"

"我完全听不懂你的话，好好说清楚啊。"

"我之前也不清楚，但再过两周左右，你就能明白这一切。"

"好吧。还有——机票到手了。我想你已经知道这件事了，不过还是跟你说一下吧。"

坐垫上的星慧说着，便从法衣的怀袋中取出了装有机票的信封，展示给来自未来的自己。

"做笔记了吗？"

"嗯。把它也一起交出去比较好。"

坐垫上的星慧从信封中抽出一张手写的便条，递了出去。

须弥坛上的星慧自然晓得纸上写了什么，可姑且还是看了一眼，见上面写道：

十月十三日　JAS319号航班　一枚

十月十三日　SKY012号航班　一枚

君塚良一郎

君塚明代

津岛真知子

"收尾工作也完成了？"

须弥坛上的星慧问道，坐垫上的星慧则露出了苦笑，回答说：

"你不是知道吗？他们三人都被解决了，而且看起来均死于事故，你也别担心了。"

"确实，我不担心。"

"那么，我只要在今天出发去东京，并在十三日那天使用这两张机票，先回福冈，再重新去东京即可，对吧？"

"没错，拜托你了……不过后来的行动其实很成功，所以即使你不说，我也明白我们的计划会顺利地进行下去。"

说到这里，他突然想到一件事，便提醒道：

"对了，十四日那天，应该会有个名叫石动戏作的男人带着助手去东京的酒店找你。"

"石动戏作？好怪的名字，他是什么人？"

"名侦探。"

"名侦探？"

坐垫上的星慧十分不解，须弥坛上的星慧告诫道：

"他真的是名侦探，毕竟他破解了一个根本不存在的不在场证明……总之非常有才，而且相当有趣，我也受了他很多照顾。你们见面时，记得尽量对他客气些。"

"既然你开口了，那就应该是真的吧。我记住了。"

听到坐垫上的星慧这么说，须弥坛上的星慧很是满意，正准备返回，却被叫住了。

"等等，那张便条纸……"

"你说它？"

说着，他扬了扬手中的纸。

坐垫上的星慧点点头，满脸不解地问道：

"到底是谁写的？你现在是不是要前往更早之前，把它交给八月十三日的我们？"

"是啊，我准备按自己在八月十三日那天听到的指示去做。"

"也就是说，那张纸只会存在于八月十三日到今天的这段时间之内？既不知道是谁写的，也不知道是从哪来的，反正就在一定的时间段内循环，完全就跟噬身蛇①一样？"

坐垫上的星慧如是说道。不过对须弥坛上的星慧而言，自己已经经历过这段对话了，所以迅速地将当时听到的答案复述了一遍：

"嗯，这样就行了。但凡没有这份笔记，我们就不知道该买哪一班机票，不知道该把谁抹杀掉。换句话说，它的存在能够证明我们正走在正确的道路上。"

"是'黑神大人'在指引着我们吧！"

坐垫上的星慧发出了感叹声，而须弥坛上的星慧笑了。

"正是如此。我们按照'黑神大人'的旨意行动，所以不必有任

---

① 噬身蛇，西方神话中有名的蛇，永远地用自己的嘴咬住自己的尾巴并食用它，而自身能够不断再生，所以象征着无限、不死等，莫比乌斯环也是源自噬身蛇的概念。——译者注

何担忧。"

　　说完，他便消失在了须弥坛上的黑暗之中……

　　……星慧从须弥坛上现身，在坐垫上合掌祷告的星慧瞪圆了眼睛，满脸惊愕地凝视着对方。

　　现在正是八月十三日。

　　"冷静，我是未来的你。"

　　话一出口，星慧便想起来了。自己在八月十三日那天，确实听另一个自己说出了这句台词。

　　"吓我一跳，你竟突然从'黑神大人'体内跑了出来。"

　　坐垫上的星慧总算冷静了下来，凝视着未来的自己。只见他从须弥坛上走了过来，说道：

　　"我有事拜托你。"

　　"拜托我？"

　　"嗯，拿好这张便条纸。"

　　他把便条纸交给过去的自己。

　　过去的星慧接了过来，一边注视着它，一边问道：

　　"这是什么？"

　　"首先，按上面写着的日期和航班买好机票。接着给大生部公司的人打电话，让他们用假名在东京取票。一旦他们把机票寄给了你，你就随便找个理由，在十月十日去东京，等到十三日晚上，再用你收到的那两张机票在东京和福冈之间往返一次。"

"听起来很复杂啊，能解释一下吗？"

"不，这件事有趣得很。两个月后你就能明白了。"

"你的意思是，乐子还在后头？好吧……但航班后面还写了三个人名……"

"哦，把他们处理掉，要伪装成事故哦。"

未来的星慧露出了冷酷的笑容，过去的星慧也同样冷笑道：

"这更简单。"

"那么，凡事就拜托了。"

"没问题，交给我。"

"好，反正你会把这些都办得妥妥帖帖。这我是再清楚不过的了。"

语毕，星慧回到须弥坛上，跃入来时的那片黑暗……

……之后，星慧又出现在了须弥台上。漆黑一片的大殿中有一只空空如也的坐垫，正在迎接他的到来。

——没人在，我可就猜不出日期了。但是，若"黑神大人"的指引正确无误，那么今天肯定是十月十三日，也就是天台宗的僧兵——慈念遇害的日子。

星慧一边琢磨着，一边离开了大殿，朝后方的茅草屋走去。

他打开了摇摇欲坠的屋门，屋里有一只大蜘蛛。它似乎大吃一惊，七条腿缩成一团。

"别怕，我是从未来过来的星慧，今天是几日？"

可说完，星慧便立刻想起来，自己问也是白问。

大蜘蛛伸出头，发出了低沉的呻吟声。

"算了，毕竟只是低级的异兽。你就好好看家吧。"

星慧面带苦笑，赶紧脱下法衣，换上牛仔裤和毛衣，披上夹克，尽可能多地往夹克口袋里塞入干净的布片，随后戴上帽子，压低帽檐，以遮住特征鲜明的光头。

这时，他想起来一件事——在十月十日出发去东京时，自己把手表留在了安兰寺。于是，他爬到茅草屋的顶上，在堆积的尘土与废品上寻摸了一会儿，找到了一只黑色的电子表。液晶表盘的背光灯亮着，显示了此刻的时间和日期。

十月十三日周五，晚上七点。

他将电子表戴到左手手腕上，走出了安兰寺。

阿久滨的路上空无一人，沿街家宅的窗户也都暗着，不见一丝光亮。星慧一直走到了JR线阿久滨站的月台，买了车票。

直达福冈的电车很快就进站了。

由于车上有若干乘客，星慧十分小心，尽量找了个远离他们的座位。

驶抵侄滨后，电车的轨道伸向了地下。七点半过后，电车开到了天神。

根据大生部的报告，来自比睿山的密探——慈念就藏身在那川三号街。

星慧换乘了西铁大牟田线，到西铁平尾站下车，随后按记忆走向慈念悄悄租下的公寓。

很快，他就抵达了目的地。这时已经快八点了。

他站在电线杆旁边，监视着那栋钢筋结构的旧公寓，却突然想到——此时的另一个自己按说已经乘坐JAS319号班机到福冈机场了，正在烦恼如何打发接下来的一个半小时。

于是，他回忆起了自己在十月十三日晚上的行动——

为了避人耳目，他不能去咖啡店，而一味在大堂闲晃也很可疑，他便出了机场，一边借着月光逐个欣赏路边的广告牌，一边消磨时间。好不容易熬到SKY012号班机的登机时刻，他还安心地叹了一口气。

可是，如今这个来自未来的他，则不得不在这里等上将近两个小时。因为大生部应该会在晚上十点从东京过来。

现在快到九点了。一名中年妇女从公寓一楼的出入口走了出来。她烫着卷发，头发染成了庸俗的茶色，想必就是房东——也就是那位看到慈念还活着的"目击者"。

她拖着疲惫的脚步，沿着公寓外侧的楼梯爬到了二楼，途中还突然停顿下来，似乎看向了星慧所在的方向。

星慧赶忙躲到了电线杆后。

不过她好像没有继续盯着不放，只是歪了歪头，困惑不解地继续上楼，终于消失在了二楼的走廊里。

过了一会儿，她又回到了楼梯上，并且再次望着电线杆。星慧只能凝神屏息，一动不动。

最后，她仿佛受到了惊吓，双肩一颤，几乎是飞奔着下了楼梯，脚上的拖鞋把铁制的楼梯板踩得哐哐直响。

星慧目送着她冲入一楼的走廊，再也没有出来，便伸展了一下蜷缩良久的身子，心想着：

——她看到我了？算了，无所谓，反正总有办法过关的。一切都遵照着"黑神大人"的指示……

他又在原地待了一小时左右，很快便是深夜十点，可算是等来了大生部。

他抬头看向夜空中的那个黑影，叹了口气，在暗示自己已经等得不耐烦了。

大生部完全暴露了真面目——准确说来，是寄生在"大生部"身上的异种生物展露了原有的样貌。此时的他浑身漆黑，背上长着椭圆形的翅膀，四肢表面覆盖着鳞片，形状宛如触手，双手双脚则化作了尖利的勾爪。

他的双翅并没有完全展开，不过他依然悠悠地悬浮在空中。

接着，他调整了一下翅膀的角度，稳稳地落在了公寓旁边的草地上。然后，他的右眼从眼眶中探了出来，仿如潜望镜一般向上伸去，透过二楼的窗户，窥视着室内的景象。慈念就在房间里，八成是背对着窗，因此没有发现异状。

大生部咧嘴狞笑，露出了一口獠牙，如挥鞭般挥动着形如触手的右手。柔韧的触手顺利地伸长了，直接飞入了那扇敞开的窗户。

星慧看不见房内的情形，可是，他曾多次目睹过大生部行凶的过程，所以能够想象现场正在发生什么——

大生部的触手缠上了慈念的脖颈，紧紧勒住了他。即使他想要逃跑，也无法挣脱那大得可怕的力量。接下来，他的意识渐行渐远，而就在他临死的那一瞬间，将看到三根锐利的勾爪，以及顶部连着眼球的触角……然后，惊恐的表情就永远定格在了他的脸上……

慈念当场死亡。大生部把触手和连着眼球的触角缩了回来，嘴角咧到耳根，露出了一个满意的笑容，随后再次扬起椭圆形的双翅，轻松地浮了起来，越飞越高——伴着夜空中的那轮满月，一直向东飞去。看来，他是准备回东京和石动见面了。

星慧始终看着大生部远去的身影，直到对方消失在天际。而后，他悄无声息地跑到草丛里，直接跃上了二楼的窗框。

慈念背靠在窗下的墙面上，已经咽了气，面部果然也因为恐惧而扭曲。

星慧走到房间正中，四下打量了一圈，发现屋里冷冷清清，只有两只塑料箱子和一套被褥。擦除物品上的指纹想必轻而易举。

——不对，等一下！必须把墙上的指纹也全都擦掉。

星慧走出那间八个榻榻米大小的房间，检查了一下厨房，改变了主意。

那间厨房里不仅没有锅碗瓢盆，连冰箱都不见一台。看来，这里虽是慈念的藏身之处，实际上只是一个小睡的"据点"罢了。

但是，他也无法因此就断定慈念从未踏足厨房。即是说，他得把厨房也全都擦一遍。

若想完成所有的清理工作，估计真得像石动说的那样，花上一小时。一想到这一点，星慧还没开始打扫，便已经觉得心烦，但愿实际干起来不会比预期的更费工夫。总之照办就是了。

不过，他肯定会将房里的指纹清理得一个不留。这是既定的事实，毕竟一切都遵照着"黑神大人"的指示……

星慧叹了口气，从夹克的口袋中取出干净的布片，着手"打扫"。由于他的指尖没有指纹或其他纹理，所以不必戴手套。

他非常小心、仔细，足足花了一个半小时来清理现场。

完成任务后，他看了一眼电子表，发现已经超过晚上十一点半了。远在东京的石动应该刚出发，前往大生部的办公室。

驶向唐津的筑肥线末班车也开走了，星慧不得不找个地方消磨时间，一直等到明天的首班列车。

——要是我也像大生部那样能飞的话，很快就能回去了……

星慧恨自己不够强大，但无论是怎样的特异功能者或异种生物，都不是万能的。他只得接受事实。

夜已深。放眼整个福冈市，他目前能去的只有一个地方。在那里打发时间总不成问题。

他打定主意，便从窗口一跃而下，跳到了草丛里，往中州的"黄印"去了。

在"黄印"度过一夜之后，星慧准备趁早回去。那名梳着脏辫的青年在门口叫住了他：

"星慧大人，您脸上沾到脏东西了。"

他一边恭敬地说着，一边递上了手帕。

"谢谢。"

星慧拿起手帕，将颊上的血污擦去。随后，青年接过染红的手帕，将它放进了自己的口袋。

周六早晨，中州的街头几乎看不见人影，只有几个通宵喝酒的醉汉在路上走着，应该没人留意到星慧。

他度过了愉悦的一晚，又稍微睡了一会儿，眼下疲劳顿消，迈着矫健的步伐，一路走到了中州川端站，乘上了地铁，随后换乘筑肥线，回到了阿久滨站。

时隔一晚，当他重新踏入安兰寺时，已是将近上午八点。石丸还没起床，在茅草屋里团成一团，睡得正香。大蜘蛛不见踪影。

——这家伙可真轻松。

星慧带着几分羡慕，换回了法衣。

这样一来，一切都办完了。之后剩下的，即是继续聆听石动带来的精彩推理。

星慧梳理完思绪，走进大殿，跃入了须弥坛上的那一处黑暗之中……

6

……中村手中的信封掉在了毛毡上，石动接了个空。

不知为何，石动觉得自己仿佛失神了一瞬间。中村亦然，就像是猛地站起来后那般晕眩，于是晃了晃脑袋，想要清醒一点。

石动捡起信封，朝入口处看去，只见安东尼紧闭着双眼，呼吸粗重，双肩被石丸抱住。这一幕令石动对石丸刮目相看，心想这位伴僧看着冷淡，竟然这么关照状态不佳的安东尼，人还真不错。

接着，石动又转回头来，发现眼前的大生部已经不像刚才那样自信，而是露出了认命的表情，想必是证据当前，只得决心认罪。

"这是十三日晚上的航班搭乘记录。"

石动从信封中抽出一份复印件，摊在大生部面前，解说道，

"有人用不同的假名，分别搭乘了两班飞机。一班是东京到福冈的JAS319号班机，下午六点零五分起飞，另一班是福冈到东京的SKY012号班机，晚上九点十五分起飞。警方现阶段尚未查清冒名的乘客到底是谁，不过，只要中村刑警继续追查下去，估计早晚会得到相关证词，证明是您或您公司的人购买了这两张机票。"

闻言，大生部长长地叹了一口气，凝视着石动，表情中充满了感慨。

"石动先生，我真是小看您了……您说的没错，君塚确实是我杀的。"

中村即刻站起身来，石动却伸手制止了他，向大生部确认道：

"您雇用我，是为了给自己制造不在场证明吧？"

"嗯。但早知如此，我当初就不该雇您。"

大生部露出了讽刺的笑容。

"您这话说的……我好歹也解决了您的委托案呢！"

石动看起来容光焕发，大生部则眯起了眼，紧盯着石动，说道：

"对了，您昨天的确提过这件事。"

"是啊，我今天之所以借用安兰寺的大殿，其实就是为了赶在您被捕之前，向您汇报调查结果……"

这时，石动的余光瞥到了安东尼，发现他正准备向自己冲过来。

但他立刻又否认了自己的想法。因为石丸抱住了安东尼，让他坐在地上。八成是安东尼贫血，一下子站不稳，于是石丸帮了他一把。

石动不再分心，把话说了下去：

"……按我的想法，解开秘宝之谜的关键就在那里。"

说着，他伸出右手，指向了须弥坛。

"在'黑神大人'身上？"

大生部惊讶地嘀咕道，星慧也转过身去，抬头看向黑智尔观世音菩萨像。

"嗯？大生部先生您也把黑智尔观世音菩萨叫作'黑神大人'？不过重点不在它，而是它两旁的胁侍菩萨。"

石动用食指依次指向大黑天双身菩萨和白衣观音菩萨，说道，

"根据《安兰寺缘起》可知，漂来的木箱里只装有黑智尔观世音菩萨像。两旁的胁侍菩萨则是网哲大师后来加上的，目的就在于隐藏圆载的秘宝。可是我不擅长汉文，所以这些内容都是我的助手安东尼读给我听的……"

石动又往入口那里看了一眼，安东尼似乎快吐了，石丸正捂着他的嘴。

"……总之，网哲大师把这三尊胁侍菩萨安置在了黑智尔观世音菩萨像的左右两边。而藏书库墙上挂着一幅字，内容据说摘自一首唐诗，正是它给了我提示。星慧大师，您很清楚我在说哪幅字吧？"

"'朱天之下，抓捕猛虎'？"

"对。在日语里，这句诗的意思是'于西南方位捕捉猛虎'。《淮南子·九天》中有记载，相传中国古代按方位把'天'划分成了九个

区域，统称'九天'。'朱天'便是其中之一，指'西南方'。"

石动闭上了眼，仿佛正在思考，随即往下说道，"按'朱'和'天'这两个字的意思来看，'朱天'就是'红色的天空'，但它实际上表示了一种方位。在中国，有很多由'色彩'与'方位'结合而成的词汇。刚才提到的'九天'里便有表示东方的'苍天'、表示北方的'玄天'等。更进一步说，东、西、南、北都有各自的守护神，即青龙、白虎、朱雀、玄武，而它们又分别对应蓝、白、红、黑这四种颜色。"

石动睁开眼睛，注视着须弥坛上的几尊佛像。

"中间的黑智尔观世音菩萨像象征着木箱中的秘宝，而大黑天双身菩萨像和白衣观音菩萨像是两黑一白，不正暗示着那些秘宝藏在何处吗？换句话说，圆载的秘宝就在安兰寺以北两个单位以西一个单位的地方。这便是我的想法。"

大生部和星慧都不禁微微探出身子，全神贯注地倾听着石动的话。就连一心惦记着尽快逮捕大生部的中村也坐回了原位，听得津津有味。

此刻，石动的心情非常畅快。因为所有相关人士都将注意力集中在他身上，聆听着他的宏论——而这即是名侦探真正的乐趣。

"……既然确定了方位，剩下的便是弄清楚距离单位。为此，我去了福冈市的书店，买了一些关于度量史变迁的书籍，临时抱了个佛脚。结果发现，在网哲大师生活的时代——也就是九世纪那会儿，日本最普遍的距离单位好像是'里'。记得有一首歌谣的歌词是：'骑马也能越过箱根八里路。'查出处，其中的'里'是按尺贯法来算的，一里大约四千米。但网哲大师在世时，'里'则被称为'六町里'或'五町里'。具体说来，每'六町里'相当于三百六十步，折合约六百米，每'五町里'相当于三百步，折合约五百米。"

说到此处，石动暂停了一下，似乎是为了制造一些"戏剧效果"，充分调动"听众"们的期待之情。等稍过片刻，他才重新开口道：

"我不认为九世纪的人能够精确地测量距离，所以我先简单将'一里'定为五百米。这样一来，那三尊胁侍菩萨的含义便是——安兰寺以北一千米以西五百米处。"

"从安兰寺往北走一千米就入海了。圆载的秘宝就沉在海底吗？"星慧冷静地插话道。

仅凭上述解说，"听众"当然会产生这样的质疑。石动对此早有预料，所以并不慌张，回答说：

"我前天亲自走了一趟，根据步数和步距，大致测量了一下阿久滨的土地。安兰寺以北一千米处确实是玄界滩，但从那里再往西前进五百米的话，倒是有一小片狭长的岩礁从海面上露出来，像一条黑纹似的……勉强能算是陆地吧。"

说完，他目不转睛地看着大生部的脸，轻轻低下头，总结道：

"这些只是我的一家之言，或许与事实不符，然而很遗憾，我也没有其他主意了。因此我得向您致歉，希望您能以这份汇报为节点，就此结束这份委托。"

"不，是我要谢谢您，您取得了出色的成果！真是名副其实的名侦探啊！"

大生部仿佛打心眼里感谢石动，道谢并承诺道，"您放心吧，即使我被捕了，我也会安排公司的人把说好的酬金划给您。这是您应得的报酬！"

他能说出这番话，说明他并没有忘记自己即将因涉嫌杀人而遭到逮捕，可眼下却满脸喜色。石动觉得他真的是个无可救药的浪漫主义者，比起自己的未来，还是更关心圆载的秘宝。

中村站起身来，将手搭在大生部的肩上，发话道：

"话都说完了吧？大生部先生，我们还有很多事要问您呢。请您跟我们去署里走一趟。"

"明白了。"

大生部不再挣扎，顺从地跟着中村走出了安兰寺的大殿。石动也跟着出去了，而安东尼则在入口附近，伸直双腿，瘫坐在地上，仿佛起不来。

"你没事吧？看起来好像很不舒服啊，石丸先生都一直在照顾你了。但话说回来，我刚才讲着讲着，总觉得好像有一瞬间不省人事……"

见石动这副笑眯眯的样子，安东尼不知为何，抬头恨恨地看着他。

终　章

黑佛

阿罗弗当知三千大千世界悉一佛土佛普出现于世寒往即暑来暑往即寒来今正是其时诸人合掌一心待

阿罗弗哟，你定知晓，三千世界，皆为佛土。佛普遍出现于世间，寒去暑来，暑去寒来，此刻正当时。诸位，请双掌合十，一心等待吧！

石动准备回东京了。他收拾完行李，安稳地睡了一夜，次日早晨带着安东尼一起去了安兰寺，准备向星慧告辞。

但安东尼横竖都不肯答应。

即使石动好说歹说，希望他也去打个招呼，他却站在大殿外的石板路上，表示自己不会进大殿。

石动很是纳闷，心想这家伙明明那么想回东京，今天好不容易要回去了，他怎么从一大早开始就状态不佳，真是个怪人。

于是，石动独自走进大殿，先为助手的失礼而向星慧赔了不是。星慧坐在一只大坐垫上，闻言便转过身来，正对着石动，问道：

"您今天启程回东京？"

他看起来心情很不错，笑容比平时还明显。

"嗯，下午的飞机。"

"辛苦您了，您这次真的做得很棒。"

星慧对他深深地行了一礼，额头几乎要碰到地上的毛毡。

"不不不，您过誉了，请抬起头来。现在还不知道圆载的秘宝是不是真的在那片岩礁上呢，因此我的想法很可能是错的，事实上那里什么都没有。"

石动说着，突然想起了从中村那里听来的消息，整个人不禁微微颤抖。

"只不过……大生部先生他……已经没法去找秘宝了吧……听说他死了，是自杀的。"

"好像是。"

"中村刑警说，大生部先生在被押送去看守所的路上咬了自己的舌头，死在了车里……"

"还不单单是咬舌头，而是把整根舌头都咬下来了。当时，车上的警察见他嘴里突然喷出血来，还没明白发生了什么事，就看到一根断舌掉在座位上，血流得座椅上全是。他们急忙送他去了医院，可为时已晚，仅剩的舌根堵住了气管，他在痛苦的挣扎中窒息身亡。"

星慧淡淡地诉说着大生部咬舌自尽的过程，实在过于惨烈，石动光是想象都觉得浑身发毛，忍不住问道：

"人真的能以这种方式自杀吗？"

"一旦下定了决心，便可以做到任何事。真是个可怜人……虽然他的家人和公司的人会为他举行葬礼，但我也准备在安兰寺祭奠他。"

"他这一走，也没有人会继续寻找圆载的秘宝了。"

"我会替他找的。这既是他的遗志，也是我对他的一种祭奠。如果一切顺利，我一定会首先将那秘宝送去他的墓前。"

说着，星慧再次对石动行了一礼，致谢道，"石动先生，真的非常感谢您。倘若我能如您所言，在那片岩礁上找到秘宝，大生部先生的在天之灵想必会很欣慰。"

随后，他抬起头来，回身看向须弥坛，说：

"'黑神大人'也很高兴呢。您看，他露出了感谢的笑容。"

石动顺着他的视线看去，黑智尔观世音菩萨像依然没有面部，像是被整个剜去了，根本不可能有笑容。

然而，或许是因为星慧非常虔诚，对他的"黑神大人"敬爱不已，因此在心中看到了本不存在的微笑。

"那么，我差不多该走了。"

石动收回视线，向星慧告辞，随后站起身来，往门口走去，背后却传来了星慧的声音：

"石动先生，我非常希望以后能和您再见！我会为您祈祷，愿您长寿，等待他日重聚……愿'黑神大人'保佑您……"

石动一边听着这些话，一边离开了大殿。

中村和今田站在上鸟家的玄关口，打算完成最后的确认工作。

君塚大介有父母和一个已经出嫁改姓的妹妹，可他们最近都因事故而身亡。今年八月，他的老家发生了火灾，事后在废墟中发现了老两口的焦尸；九月初时，他的妹妹又被一名醉驾的卡车司机活活碾死……中村不禁感慨，这一家子真是接连遭遇不幸……

总之，现在只有通过上鸟瑠美子的证词，才能确定被害人是不是君塚大介本人。既然大生部已经横下心选择了自杀，那么，瑠美子这次应该会说出实话的。

中村再次给瑠美子看了受害人的照片，她低下了头，答道：

"您说得对……照片上的就是君塚大介……我之前说没见过被害人是骗您的，抱歉……"

果然，瑠美子坦率地承认了。中村接着问道：

"是大生部先生不让您说的？"

闻言，瑠美子缓缓地摇了摇头，否认道：

"不，大生部什么都没有告诉我，只是在案发后，他突然像变了个人一样，而原本一直缠着我的君塚大介也突然不见了。您上次给我看被害人的照片时，我便猜到是大生部杀了君塚，所以立即就决定要对您说谎。"

——真的吗？

中村心生疑惑。他不相信大生部从头到尾都对瑠美子保密。不仅如此，大生部也许还下过命令，说自己一旦被捕就会自杀，并要求瑠美子一口咬定毫不知情。

但事已至此，旁人无法估测背后的真相。警方只须以"嫌疑人死亡"为由，将大生部的遗体送检，破案的任务也就完成了。只不过对于瑠美子而言，不知往后能否按时缴纳贷款应该就是最大的不幸了。

"我明白了，感谢您的配合。"

中村向瑠美子道谢，随即准备离开。这时，今田却一脸严肃地开了口：

"上鸟小姐，要是大生部先生没有去世，他的下一个目标说不定就是您。"

"您说什么？！"

瑠美子右边的眉毛跳了一下。

"大生部先生杀死了君塚先生，并将'榊原隆一'的假身份推给了死者。这一行为或许也意味着，他在某种意义上抹消了身为'榊原隆一'的自己、抹消了深爱着您的自己。自此，他舍弃了自己梦寐以求的生活，决心彻底回到东京，回归常态，无法继续在福冈与您恩爱地过日子了。而您和您肚子里的孩子只会给他造成麻烦……总之，我就是这么想的。"

今田说完，瑠美子露出了明朗的笑容，答道：

"非常抱歉，可您想错了。其实大生部非常期待孩子出生。"

她的回答颇为干脆利落，右手亦抚摸起了自己的小腹，脸上闪耀着母性的光辉。

今田不再作声，他的表情仿佛感叹着——沉浸在伤感中的女性真是糊涂。

石动背着挎包，安东尼拖着大号行李箱，走在阿久滨的街道上，发现有好几人从车站方向步行而来。他们有的穿西装，有的穿毛衣，有的穿夹克，未做统一打扮，唯有脑袋都剃得光溜溜的。

其中，梦求披着一件皮衣，走在队伍正中间，朝左右两边说着什么。这么看来，其他人也都是比睿山的僧侣。

他们的对话声远远传来，石动隐约听到了如下内容：

——"……到底什么时候生？"

——"……现在才三个月，应该还有时间……"

——"那是……的孩子啊，保不准不用怀十个月才生……"

——"……他们要是得到那孩子，事情就糟糕了……"

——"……梦求，《妙法虫声经》真的在那里？"

——"……嗯，应该没错。我听说石动先生的直觉虽然迟钝了点，在推理寻宝方面倒是非常聪明……"

这时，梦求看到了石动和安东尼，便慌忙住了口，其他僧人们也一齐盯住了石动。

石动心想，这明明是一群念佛的和尚，眼神却如此犀利……

"哈哈，您没说错，我的直觉确实比较迟钝。"

石动对梦求笑了笑，随后在众僧的注视之下，反过来将他们打量了一圈，问道：

"这里的诸位也都是从比睿山来的吗？"

"嗯，是的。"

"是来找圆载的秘宝的吧？但我不确定秘宝是否真的存在，也不知道它是不是您之前说过的那部经书。"

听石动这么说，一位僧人突然发话，语带斥责：

"梦求，你跟这小子说了多少？"

他身材高大魁梧，穿着一件织了金线的花哨夹克，活像是个剃了光头的职业摔跤手，一看就惹不起，于是石动选择原谅他称自己为"这小子"。

梦求看向那壮和尚，用眼神示意他放宽心，随后走向石动，问道：

"您这就要回去了吗？"

"嗯，我们直接回东京去。"

"太好了，建议您马上离开，越快越好。"

这时，一辆车驶了过来，石动和梦求一边往路边避让，一边继续对话。

石动顺便瞥了一眼，原来车里坐着的是中村和今田。但他们好像没有注意到石动，直接从他身边开了过去，左拐进入了国道202号，连手都没有朝他挥一下。

"梦求师父，你们是要在阿久滨待上一阵吗？"

石动问道。

梦求满脸郑重，点了点头，回答说：

"是的，我们打算留在这里，直到把问题解决。"

"辛苦您了。我就先走一步了。"

石动正准备离开，梦求却突然伸出右手，示意与他握手。

石动本以为这只是礼仪，便握住了那只手，想不到对方回握得极为用力，石动的手都疼了。

"石动先生，您保重……希望以后还能再见到您。"

"……要是梦求师父还能活下来就好了。"

石动买完车票，在阿久滨站的月台上等车时，听见安东尼在小声嘀咕。

"什么？他会死吗？案子已经解决了啊，他为什么会死？"

石动不解地问道。

安东尼见状，叹了一口气，抬头看向微微转暗的天空，答道：

"老大……你能换一种思路吗？试想……真相与你的推理完全不同，但结果为什么会和你的推理一致？那当然是因为凶手按照你的推理，提供了相应的证词和证据……你觉得呢？"

"按照我的推理，提供相应的证词和证据？这怎么可能？十三日晚上不是有两位用假名登机的乘客吗？那时连案子都还没发生，又如何根据不存在的推理来捏造证据？"

"所以说……对方是回到过去，制造了那些证据的。"

安东尼轻描淡写地说道，石动却愣住了，接着又大笑起来：

"你这是究极的阴谋论！的确，要是真有人这么做了，我这种无名的名侦探可没法识破，肯定立刻就会上当。然而，到底是谁用了这么厉害的超能力来诓骗我呢？神仙大人还是佛祖大人？"

闻言，安东尼耸耸肩，答道：

"对方也算是一种神吧……老大，你知道'奈亚拉托提普'吗？"

"不，我连这是什么语种里的词都不晓得。"

"是一位邪神，登场于美国作家——H.P.洛夫克拉夫特创作的'克苏鲁神话'。它的全身都是黑色的，脸则……"

"哦，我听说过'洛夫克拉夫特'这个名字。"

石动打断了安东尼的话，并继续道，"而'克苏鲁神话'说的是一群上古的凶神、邪神复活，人类因此陷入危险的故事，对吧？"

说到这里，他仿佛觉得很滑稽，开始捧腹大笑，"哈哈哈哈，不好意思，我对这种无稽之谈没兴趣，读了也不明白好看在哪。还是推理小说精彩。"

"就知道你会这么说。其实我也讨厌它。"

驶向福冈机场的电车进站了，石动和安东尼上了车。随后，电车门也关上了。

名侦探和他的助手就这样离开了故事的舞台。

而故事背后，赌上人类存亡的最后之战即将开始。

译者后记

本书有一些地方参考了克苏鲁神话，特作此后记，以便读者更进一步理解本作。

第一、二、四章开篇的汉文"经典"是作者根据洛夫克拉夫特所创作的克苏鲁体系中的虚构魔典《死灵之书》翻译、化用而来。

吉尔曼酒店来自洛夫克拉夫特的克苏鲁小说《印斯茅斯的阴霾》中的"吉尔曼客栈"。

阿久滨读音akuhama，和洛夫克拉夫特在克苏鲁体系中虚构的城市"阿卡姆（Arakham）"读音相似。

安兰寺读音anranzi，是将克苏鲁cthulhu的字母颠倒成uhluhtc后，每个字母按26英语字母顺序往前推6个字母所得。

星慧是取自洛夫克拉夫特的克苏鲁小说《夜魔》（*The Haunter of the Dark*）中的奈亚信者教团"星之智慧派"。

上鸟的读音是uetori，和洛夫克拉夫特的克苏鲁小说《郭威治恐怖事件》中的沃特雷（Whateley）父女的姓氏读音相近，其中女儿拉薇妮亚·沃特雷离奇怀孕，腹中的胎儿便是外神（Outer God）之一——尤格·索托斯（Yog-Sothoth）的子嗣，与瑠美子的剧情设定相似，也因此，慈念坚决反对她产下孩子。

洛夫克拉夫特的克苏鲁小说《印斯茅斯的阴霾》中的扎多克·艾伦是一名醉鬼，总是说着无法分清虚实的胡言，和章造的形象相似。

第二章的引言部分影射尤格·索托斯，它被视为时空的支配者和万物归一者，本体位于所有多维宇宙之外，拥有无穷的智慧，《郭威治恐怖事件》中写道："犹格·索托斯知晓大门所在。因为犹格·索托斯即是门，犹格·索托斯即是匙，即是看门者。过去在他，现在在他，未来亦在他，因为万物皆在犹格·索托斯"，而茶坊"银钥匙（The Silver Key）"也是取自尤格·索托斯的设定，"犹格·索托斯之钥"又称"银钥匙"，可以打开通向究极境界的大门。

公寓"维尔米斯藤崎"中，"维尔米斯"是Vermis的音译，该单词原意"蛆虫""蠕虫"，此处的出处为克苏鲁系列作品中的一本虚构魔法书——《蠕虫的秘密》（De Vermis Mysteris），或译《妖蛆的秘密》。

瑠美子曾经工作的店子"黄印"源自克苏鲁作品体系的旧日支配者之一——"黄衣之主"哈斯塔（Hastur），相传"黄印"是哈斯塔身为黄衣之主形态时的伟大印记，克苏鲁体系中亦有一个崇拜哈斯塔的组织，名为"黄印兄弟会"（The Brotherhood of the Yellow Sign）。

"阿罗弗"是化用自洛夫克拉夫特的《无名之城》（The Nameless City）中的诗句。

本书开篇致敬的詹姆斯·布利什有一部收录在《哈斯塔神话》（*The Hastur Cycle*）中的短篇小说《光芒万丈》（*More Light*），其中有黄衣之王登场。

北京市版权局著作合同登记号：图字 01-2024-1417

图书在版编目（CIP）数据

黑佛 /（日）殊能将之著；邢利颉译 . -- 北京：
台海出版社，2024.7
ISBN 978-7-5168-3847-1

Ⅰ.①黑… Ⅱ.①殊…②邢… Ⅲ.①推理小说－日
本－现代 Ⅳ.① I313.45

中国国家版本馆 CIP 数据核字 (2024) 第 089586 号

黑佛

著　者：[日]殊能将之		译　者：邢利颉

责任编辑：员晓博　　　　　　　　　封面绘制：李宗男
封面设计：李宗男

出版发行：台海出版社
地　　址：北京市东城区景山东街 20 号　　邮政编码：100009
电　　话：010-64041652（发行、邮购）
传　　真：010-84045799（总编室）
网　　址：www.taimeng.org.cn/thcbs/default.htm
E－mail：thcbs@126.com

经　　销：全国各地新华书店
印　　刷：北京盛通印刷股份有限公司
本书如有破损、缺页、装订错误，请与本社联系调换

开　　本：880 毫米 ×1230 毫米　　　　1/32
字　　数：245 千字　　　　　　　印　　张：8.25
版　　次：2024 年 7 月第 1 版　　　印　　次：2024 年 7 月第 1 次印刷
书　　号：ISBN 978-7-5168-3847-1

定　　价：48.00 元